살구가 익어가던 내 어린날의 학교

## 살구가 익어가던 내 어린날의 학교

초판 1쇄 인쇄 2012년 05월 09일
초판 1쇄 발행 2012년 05월 16일

지은이 | 박영미
펴낸이 | 손형국
펴낸곳 | (주)에세이퍼블리싱
출판등록 | 2004. 12. 1(제2011-77호)
주소 | 153-786 서울시 금천구 가산동 371-28 우림라이온스밸리 C동 101호
홈페이지 | www.book.co.kr
전화번호 | (02)2026-5777
팩스 | (02)2026-5747

ISBN 978-89-6023-905-0  03810

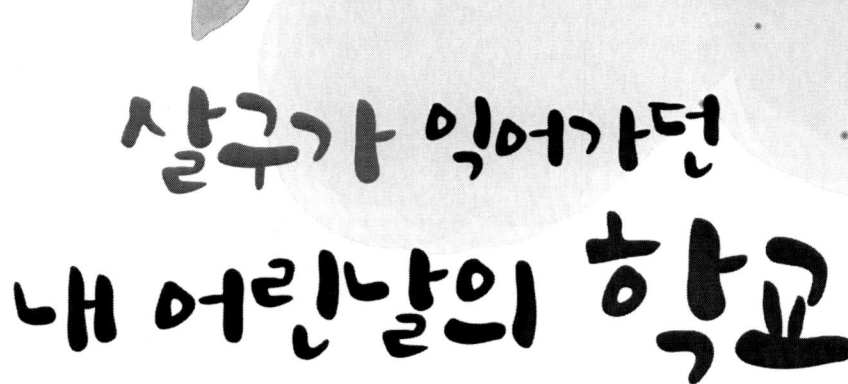

# 살구가 익어가던

# 내 어린날의 학교

박영미 지음

# 차 례

얼마 전에 시장에서 주황색으로 탐스럽게 잘 익은 살구를 발견하고 살구가 익어가던 내 어린 날의 학교가 떠올랐다. 뒤뜰에 여러 그루의 살구나무가 있던 현남학교!

이맘때였을까? 살구 익는 계절이.

파랗던 살구가 노랗게, 누렇게, 주황색으로 익어 가면 6학년 오빠들과 선생님들은 살구를 따다가 '○학년 ○반'이라고 적힌 붉은 양동이에 담아 각 교실마다 골고루 나누어 주셨다. 내 기억엔 살구가 많이 열린 해에는 두 양동이 정도가 아니었나 싶다.

교실로 온 살구를 받기까지, 내 차례가 올 때까지 기다리고 있노라면 살구를 먹을 수 있다는 기쁨에, 한편으로는 산골 학교 뒤켠에서 딴 살구를 전교생이 함께 나누어 먹는 뿌듯함이랄까? 또한 그런 학교에 다닌다는 사실이 어쩌면 어린 마음에도 감동이었던 것 같다.

4학년 때의 일이다.

어느 날 점심시간을 한 시간 정도 앞두고 교문 쪽에서 고무줄놀이를 하고 있는데 어떤 아가씨가 손에는 도시락인 듯 보이는 보자기를 든 채로 나를 불렀다.

"애, 너 ○○○ 선생님 좀 불러 줄래?"

나는 속으로 곧 결혼하신다는 우리 학교 선생님의 약혼녀인가 보다 생각하며 얼른 교무실로 가서 그 말씀을 선생님께 전했다.

그때 싱글벙글 웃으시며 교문으로 급히 가시던 선생님 표정이 아직도 기억이 난다. 그 아가씨도 수줍으면서도 무척 행복한 표정이었는데…….

한편 어린 마음에도 선생님이랑 저 여자 분은 어떻게 만났을까 궁금하였다. 나중에 들은 얘긴데 사연은 다름 아닌 우리 학교 살구나무 때문이란다.

살구가 익어가던 어느 날 달밤에 학교에서 가까운 이웃 마을의 처녀, 총각 들이 학교 뒤뜰에 살구 서리를 왔다가 숙직을 하고 계시는 선생님께 들키게 되었단다.

처녀, 총각 들은 모두들 놀라서 후다닥 도망을 갔고 그 중 한 처녀가 선생님께 잡혔는데 그분이 바로 그날 내가 본 그 아가씨, 즉 선생님의 약혼녀가 되신 분이란다.

그 얘기는 내 친구가 졸업을 하고 몇 해 뒤 여름날 달밤에 그 이웃 마을 처녀, 총각 들이 했던 것처럼 학교에 살구 서리를 갔다가 서리를 끝내고 우물물을 퍼 마시는데 함께 간 어느 선배가 들려주었다고 한다. 산골 학교에, 달밤에나 있을법한 얘기다.

여러 그루의 살구나무가 있는가 하면 학교 뒤 화단엔 앵두나무도 한 그루 있었다.

2학년 땐 교감선생님이 담임이셨는데 선생님은 혼자 앵두를 드시기엔 아이들이 맘에 걸리셨던지 반 아이들 모두에게 앵두 몇 알씩을 나누어 주셨다. 앞에 앉은 아이에게 시켜서 똑같이 개수까지 헤아려서 나누어 주셨는데 나는 그 앵두를 먹지 않고 집에 있는 막냇동생을 준다고 필통에 넣어갔다. 마치 찔레를 꺾어 책보자기에 넣어갔던 소년처럼.

집으로 와서 필통을 여는 순간 연필 먹에 온통 새카맣게 절여진 앵두!

"아이고, 니라도 먹지."

그것을 보신 엄마의 말씀이다.

먹을 것 귀하던 시절의 이야기들이다.

졸업 후 얼마 안 있다 그 살구나무들은 베어지고 말아 아쉬웠는데 다행히 운동장 한편에 있던 커다란 플라타너스 나무는 폐교가 되고 나서도 한참이나 그 자리를 지키고 있어 그나마 위안이 되었다.

어느 해 친구랑 나는 오랜만에 학교에 들러 어린 시절 생각을 하며 그네도 타고, 나무도 바라보며 즐거운 한때를 보냈었다.

세월이 흐른 뒤 이제는 그 플라타너스나무도 마저 사라지고 없다.

그리고 또 그날 학교에 갔던, 함께 그네를 탔던 친구도 멀리 미국까지 이민을 가서는 언제쯤 다시 만날 수 있으려는지.

폐교가 된 우리 학교가 다시 문을 여는 그날처럼 멀리 아득하게만 느껴진다.

# 눈 내리던 날에

아래 일요일 밤에는 멀리 동해시에 사는 친구에게서 지금 그곳엔 눈이 내린다고 문자가 왔다. 아이가 좋아서 친구들과 놀다 늦게 오겠다고 전화가 왔단다. 아이 얘기를 하고 싶어서가 아니라, 저도 아이만큼이나 설렌다는 걸 말하고 싶었던 것이리라.

눈 오는 날이면 나는 어린 날 기억의 한편에서 떠오르는 풍경이 하나 있다.

중1 때의 일이다. 어느 날 오후 수업을 마치고 당번이 되어 책상을 옮겨 가며 청소를 하고 있는데 누군가에게서 "우와! 눈이다" 하는 탄성이 들려왔다. 그 소리에 아이들은 순식간에 창문 쪽으로 몰려갔고, 곧이어 모두들 빗자루를 팽개치고는 운동장으로 달려 나갔다.

창밖에는 커다란 함박눈이 내리고 있었다.

아마도 그해 첫눈이 아니었나 싶다.

지금은 보기 드문(?) 마치 솜뭉치 같아 보이는 탐스럽고 하얀 눈이 황홀하게 내리고 있었다. 아이들은 좋아서 강아지처럼 운동장을 이리저리 뛰어 다녔고, 몇몇 여자애들은 내리는 눈 가운데 서서 그 아름다운 광경에 어찌할 바를 몰라 했다.

그날 운동장 아이들 가운데는 여선생님도 한 분 계셨는데 아마 가정 선생님으로 기억한다. 성함이 이영숙(?) 선생님! 맞는지 모르겠다.

그 선생님도 아이들 못지않게 들떠서 내리는 눈 가운데 서 계셨다. 스웨터를 걸쳐 입고, 손은 스커트 주머니에 넣으신 채 눈을 맞으며 설레는 눈빛을 하고서는……. 멀리 있는 연인이라도 떠올리신 걸까?

그런가 하면 교무실 창가에도 총각 선생님이셨던 국어 선생님도 바깥을 바라보고 계셨다. 선생님은 우리들이나 그 처녀 선생님처럼 눈을 구경하시는 것이 아니라, 그 여선생님을 바라보고 계시는 것이었다. 그 처녀 선생님이 사랑스러워 보이는 듯, 들킬까 조마조마한 눈빛을 하고서는. 그 여선생님이 금방이라도 뒤를 돌아보면 홍당무가 되어 버릴 것 같은 얼굴을 하시곤 말이다. 내 기억엔 얼마나 수줍음 많으셨던 총각 선생님이셨는지…….

아주 오래전 이야기인데도 지금껏 눈 내리는 날이면 그때가 떠오른다.

산골 학교, 첫눈 오던 날의 아름다운 추억이다.

동해에 있는 친구에게 그때 그 기억을 문자로 답을 보냈더니 넌 별걸 다 기억한단다. 그러게, 오래전 일인데도 난 참 별걸 다 잊지 않고 기억한다.

세월이 흐르고 보니 그날 그렇게 그 국어 선생님처럼 뒤에서 물끄러미 바라보는 것도 사랑일수 있겠다는 생각이 든다. '그냥'이라는 말도, 그리고 문득 떠오르는 것도 사랑이라고 했으니까!

# 수학여행을 보내며

아이가 오늘 수학여행을 떠났다.

장소는 대구에서 조금은 먼 부여란다. 예전 우리 때처럼 아침 일찍 출발해 당일치기로 다녀온다. 우리 때만큼이야 할까마는 그래도 조금은 들뜨는지 아이는 행여나 아침에 못 일어날까봐 알람을 머리맡에 갖다 두고도 꼭 5시에 깨워야 한다는 말을 몇 번이나 반복하고는 잠이 들었다.

필요한 몇 가지를 챙겨주며 용돈은 얼마 줄까 물었더니 아이는 금방 오천 원이라고 대답했다. 그걸로 부족하지 않느냐는 말에 음료수 값만 있으면 되지 쓸 일이 뭐 있느냐는 말을 듣고는 나는 피식 웃음이 나왔다.

옛날, 그러니까 딱 이십육 년 전 내가 초등학교 수학여행을 갈 때 우리 부모님에게서 받아간 용돈이 오천 원이었기 때문이다.

그때는 추수할 무렵이 되면 마을에 장사하시는 분들이 간간이 다녀가셨다. 그날도 동네에 멸치를 팔려고 한 아주머니가 오셔서 잘 곳이 마땅찮아 우리 집에서 주무셨다. 나는 전날 여행 가서 쓸 용돈으로 받은 오천 원을 집에 낯선 사람이 있다고 혹시나 싶어 꼬깃꼬깃 여행 가방 깊숙이 넣어두었던 그 기억이 생생해서이다. 그렇게 수더분하게 생긴 멸치 장사 아주머니를 왜 염려했는지……. 그 어린 나이에 말이다.

우리 현남학교는 추수가 끝나갈 늦가을 무렵에 수학여행을 갔는데 행여나 여비가 없어 여행을 가지 못하는 아이가 있을 것을 고려해 벼농사가 끝난 뒤 전교생이 벼 두 되씩을 가져와 벼를 판 돈으로 6학년들이 수학여행을 갔다. 지금 생각해 봐도 참으로 현명한 처사가 아닐 수 없다. 얼마나 아이들과 같이 수학여행을 가고 싶었는지…….

그날을 손꼽아 기다리던 날들!

그랬는데 드디어 6학년이 되어 수학여행을 갈 그 가을이 다가온 것이다.

그날 나도 새벽에 일어나지 못할까 봐 어머니께 깨워달라고 몇 번이나 당부하고 애써 오지 않는 잠을 청했던 기억들도 떠오른다. 그랬는데 정작 그리 고대했던 여행 날은 기대가 너무 컸던 탓인지 그리 즐겁다거나 기억에 남을 만한 추억은 떠오르질 않는다.

다만 그 전날의 설렘이나 날이 채 밝지 않은 이른 아침에 새로 산 예쁜 옷들을 입고 김밥을 싼 도시락을 넣은 가방을 메고 학교로 가는 길에 징검다리를 건너며 재잘대던 아이들의 목소리 정도가 떠오를 뿐이다. 또 우리 학년은 인원수가 꽤나 많았는데 키 큰 남자아이 몇 명은 자리가 없어 보조 자리를 버스 통로에 놓고 앉아서

간 기억도 난다.

그리고 그날 학교까지 우리를 바래다 주셨던 우리 어머니와 친구 언니!

오늘 내가 아이한테 덤덤하게 잘 다녀오라고 했던 것처럼 엄마와 친구 언니도 별 말씀은 없었지만 속으로는 들뜬 우리를 보며 퍽 행복하시지 않으셨을까? 오늘 나처럼, 오늘 내가 아이를 바라보는 마음처럼 그런 우리를 보시는 마음이 행복하셨을것이다.

# 새벽송

어린 시절, 크리스마스이브가 되면 깊은 밤에 다녀가시는 손님들이 계셨다. 어머니는 그분들을 '새벽송'이라 부르셨다.

어린 아이 때 내가 다니던, 그리고 엄마가 다니시던 교회 성가대원들이 각 마을의 여러 성도님들의 가정을 돌며 캐럴 송을 불러주시며 아기 예수의 탄생일을 축복해 주셨다.

잠이 든 깊은 밤중에 잠결에 듣던 그 캐럴은 어찌나 아름다웠던지 우리 삼 남매는 마치 하늘나라에서 천사들이 내려와 부르는 노래가 아닐까 착각할 정도였다.

크리스마스가 다가오면 으레 그 순간이 기다려지곤 했다.

고요한 밤 ♬ 거룩한 밤 ♬……. 노랫소리가 울려 퍼지면 곧이어 어머니가 마루에 불을 켜시고 미리 준비해 두셨던 과자꾸러미를 들고 골목으로 나가셨다.

"메리크리스마스! 새해 복 많이 받으셔요!"

어머니와 새벽송을 부르는 분들과의 이런 인사들이 오갔다.

이렇게 모아지는 과자로 다음 날 교회에서는 주일학교 아이들에게 과자 파티를 열어주곤 했다.

우리 집에서 이런 광경이 벌어질 때쯤이면 아마 모르긴 해도 마을 골짜기에 있는 큰집에서는 올케언니가 그분들에게 대접할 떡국을 끓이기 위해 부엌 아궁이에 불을 지피고 있었으리라. 떡국으로 잠시 몸을 녹인 그분들은 서둘러 다음 마을로 향했을 것이고…….

중3 무렵, 크리스마스엔 이렇다 할 즐거운 일도 없던 터라 우리가 그분들 흉내를 내보자는 얘기가 누군가에게서 나왔다. 공부를 아주 잘하던 우리 마을의 몇몇 남자아이들에 비해 우리 여자애들은 누구랄 것도 없이 공부는 지지리도 못하고 하는 짓이라고는 고작 그 정도 수준의 것들이 많았다.

그러나 그날 밤의 추억은 두고두고 오랫동안 재미있는 추억으로 남아 지금도 성탄절 무렵이 다가오면 가끔씩 꺼내어보게 된다.

그날, 나를 비롯해 네 명의 친구와 친구의 동생 한 명, 이렇게 다섯 명이 새벽송이 되어 마을 한가운데 집부터 시작해서 대부분의 집들을 돌았다.

12시가 넘은 시간에 첫 번째 집 앞에 도착했다.

"고요한밤~ 거룩한 밤 어둠에 묻힌 밤~ ♫"

노래를 부르는데 마치 무슨 죄를 짓는 것처럼 떨렸다. 그리고 또 어찌나 웃음이 나오던지 웃음을 참느라 나는 더욱 혼이났다. 생전 처음 있는 일에 전혀 예배당을 나가지 않는 그 집은 오로지 침묵했지만 그 가운데서도 당황해 하는 기운이 그 집을 맴돌았다.

그리고 그 다음 집, 우리가 골목에서 노래를 부르자, 당연히 그 집도 침묵할 줄 예상했는데 곧 이어 방에서 사람이 나오더니 마루에 불을 켜는 것이었다. 예상치 못한 일에 우리는 후다닥! 누가 먼저랄 것도 없이 모두들 불을 켜기 전에 도망을 쳤다.

담벼락 구멍 틈으로 빼꼼히 보니 어두운 가운데서도 무슨 일인고, 하는 그 집 사람의 표정을 볼 수 있었다. 순식간에 노래 부른 사람은 사라져 버렸고 담장 너머로 몇 개 올라온 까만 머리통을 보며 영문 몰라 했을 것이다. 아마도 생전 처음 있는 일이지만 고맙다는 인사를 하려고 나오셨던 거 같다.

또 한 집은 개가 왕왕 짖어댔다.

그 댁 주인아주머니는 문을 열고, "아이고, 추운데 여기까지……. 어서 들어와서 몸이라도 녹이고 가소. 어서요!" 하시며 골목으로 사라진 우리를 향해 안타까워 하셨다. 참 마음씨 좋았던 아주머니셨는데, 그 마음씨와는 달리 아직도 편안히 못 사시는 것 같아 마음이 조금 아프기도 하다.

또 한 집은 이건 분명히 애들 짓일 거라며 재빠르게 나오셔서 확인을 하기도 하셨다. 그러면 그렇지, 하시며. 여전히 그 아주머니는 꾀 많은 아주머니로 살아가고 계신다.

그리고 우리 어머니는 감쪽같이 속으시고 우리를 교회 분들로 착각하고 과자꾸러미를 들고 나오셨다. 과자꾸러미라고 해봤자 크라운산도, 빅파이, 이런 것들이었던 것 같다.

그러나 가장 궁금한 집은 역시 친구네 아버지였다. 평소에 예수쟁이라면 고개를 절레절레 젓던 친구 아버지는 과연 어떤 반응일까 가장 궁금했다.

가장 마지막이 그 친구네 집이었다.

그 골목에 다다랐을 무렵, 방에서는 친구 아버지와 마을의 아저씨 한 분이 두런두런 얘기를 나누는 소리가 바깥까지 들리었는데, 우리의 노랫소리에 방 안이 조용해졌다. 우리는 내심 물바가지라도 날아오는 건 아닐까 했는데, 그래도 막상 예수쟁이 앞에선 아무런 반응도 못하시는구나, 하는 마음이 들었다.

우리가 정한 노래 몇 곡이 끝나기까지 오로지 조용하기만 한 것이었다. 그러나 노래가 끝나나마자 방에서 들려오는 소리는 "순아! 물 한 그릇 떠온나."였다. 친구 아버지는 그 새벽송에서 친구 목소리를 찾아냈고, 또 당신 딸내미와 친구들이 하는 짓이 다 그렇지, 하신 모양이다. 깐깐하시고 무심할 듯하시지만 어느 부모보다도 자식을 더 잘 아시는 것이었다.

그 의외의 반응에 우리는 마음껏 웃으며 뭔가가 아쉽고 부족해서 훗날의 크리스마스를 기대할 수 없는 시절이었지만, 눈이 하얗게 내린 산골마을의 어느 해 성탄절에 아름다운 추억을 한 편 만들었던 것이었다.

# 비 오는 날의 추억

　오늘 일하다 말고 창밖에 내리는 소나기 소리를 듣다 보니 문득 어린 시절 생각이 났다. 우리가 자란 시골 고향 마을의 장마철 풍경이 떠오르는 것이었다. 이맘때쯤이면 냇가며 작은 개울이며, 우리 집 마당에까지 누런색의 황톳물이 흘러내리곤 하였다.

　황톳물과 함께 어디에서 쏟았는지 떨어졌는지 마당에는 커다란 미꾸라지들이 꿈틀대며 몸부림치곤 하였는데 그때는 미꾸라지들이 내리는 소나기와 함께 하늘에서 떨어지는 줄만 알았던 시절이었다.

　비가 어느 정도 그치고 나면 아이들은 소쿠리나 챙이라는 것을 들고 작은 봇도랑으로 어른들은 반도를 들고 큰 고랑으로 고기잡이를 하러 가곤 하였다.

　중3 시절, 어느 여름 날, 우리 친구들 몇은 어른들을 따라 해보자며 미꾸라지를 잡아 추어탕을 끓여 먹자는 얘기가 누군가에게서 나왔다. 말이 나오기가 무섭게 준비물들을 챙기고는　어른들처럼 쌀도 한 공기(한 뚜껑)씩 거두고 드디어 미꾸라지를 잡으러 떠났다.

논과 논 사이 작은 봇도랑에서 한 명의 친구는 챙이를 대고 또 한 명의 친구는 위에서 발로 미꾸라지를 훑으며 고기들을 모았다.

무엇을 하든 잘 못하는 나는 언제나 주전자를 드는 일이었는데 (알고 보면 그게 가장 중요한 일 일수도 있는데) 그날도 여전히 나는 주전자 드는 일이 내 몫이었다.

그렇게 훑고 나서 받쳐 있던 챙이를 들면 미꾸라지들이 큰 놈 작은 놈 할 것 없이 꿈틀거리며 걸려들어서는 야단이 아니었다. 주전자를 들고 고기잡이 구경만 하는 나도 그날은 더 신이 났다. 한편으로는 나도 직접 미꾸라지를 잡아보면 잘 잡을 수 있을 텐데, 하는 마음으로 주전자를 꼭 쥐고 부지런히 따라만갔다.

그렇게 고기들이 잘 잡히다 보니 금세 반 주전자나 되었다. 그런데 신이 난 기분에 들뜨기도 하고, 마침 그날은 통이 좁은 치마를 입었던지 종종 걸음으로 논둑으로 급히 걸어가다가 그만 철퍼덕 하고 논두렁에 넘어지고 말았다.

그때 눈이 휘둥그레지면서 나를 바라보던 원망 섞인 눈망울들! 그 순간의 민망함과 미안함이란……. 주전자를 쏟은 자리에 얼른 챙이를 대고 고기를 잡아 봤지만 고기들은 순식간에 사라지고 몇 마리만 잡혔다.

얼마나 아이들에게 미안하던지 미안한 마음에 얼른 힘 **빠진** 친구 손에 든 챙이를 **빼앗아** 한 손엔 챙이를 잡고 한 발로는 고기를 몰아가며 혼자서 고기잡이를 했다. 그런데 챙이를 들어보면 아까 친구가 한 것보다 고기들이 더 많이 잡힌 것이다.

이것 봐라, 나도 잘 할 수 있어! 나는 신이 났고, 아이들도 평소와는 다른 내 모습에 놀라며 의아해하는 눈치였다. 미안한 마음을 금방 만회할 수 있었고 얼마 만에 잃은 고기만큼 잡을 수 있었다.

그렇게 잡은 미꾸라지들을 친구네 집에 가져가 추어탕을 끓였다. 고기를 걸러야 한다는 것을 상상도 할 수 없었던 우리는 솥에다 된장을 풀고 호박잎인가 아무튼 무슨 나물을 넣고 고기들을 넣고 아궁이에 불을 지폈다. 김이 날 때 솥뚜껑을 열어보면 고기들이 통째로 솥 안에서 한 바퀴씩 휘휘 돌곤 하였다.

그런 미꾸라지 국을 우리가 끓였으니 맛있다고 셋이서 머리를 맞대고 앉아 낄낄대면서 고기를 질겅질겅 씹어 먹으면서 말로는 서로 '맛있다 그지?'를 연발하며 즐거울 수밖에 없는 저녁 식사를 하던 그런 시절도 있었다.

# 잔디에 누워

나이가 조금 들면서부터 언제부터인가 나는 가끔씩 동요를 조용히 불러 보고는 한다. 그 노랫말들의 아름다움을 뒤늦게야 알게 되었기 때문이다.

아이 때, 아무런 생각 없이 부르던 때와는 달리 어른이 되어 노랫말을 하나씩 떠올려 가며 노래를 불러보는 지금 동요는 나를 유년 시절의 들판을 누비게도 하며, 고기를 잡으러 다니던 시냇가, 별이 총총한 밤하늘 아래 마을에서 꿈을 꾸게도 한다.

가령, "솔~솔~ 부는 봄바람 쌓인 눈 녹이며~♬" 이 노래를 부를 때면 또래의 계집애들과 고무줄놀이를 할 때 고무줄을 겨드랑이에 걸쳐 놓고 부르던 노래라 그때의 기억들이 떠오른다.

다리를 뻗쳐 고무줄을 걸고, 감고 뛰던 때 동시에 찰랑대던 아이들의 머리카락들 폴~폴~ 뽀얗게 먼지들은 날고 '가시나들! 가뭄 든다'며 지나가는 말로 나무라시던 어른들.

그 시절 동네 골목 풍경이 그려진다.

"모래성이 하나 둘 허물어지며 아이들도 하나 둘 집으로 가며~~♬"

가을이 끝나가고 초겨울이 시작될 무렵 타작을 마친 논이나, 동네 한가운데 큰 밭에 담배 농사가 끝나고 배추나 무 등 김장감도 거둬들이고 나면 텅 빈 밭은 아이들의 놀이터가 되었다. 밭 주인아주머니의 고함 소리가 때때로 들려오기도 했지만 고개를 숙이는 것도 잠시였다.

오징어잡이, 고기잡이……, 이런 놀이의 재미에 흠뻑 빠져 있는데 어느덧 해는 뉘엿뉘엿 지고 있고 집집마다 연기들이 모락모락 피어오르고 밥 먹으러 오라는 소리에 아이들은 하나둘 집으로 간다.

모래성에서 처럼 놀이들이 하나 둘 허물어지고 초겨울 저녁 하늘에는 샛별이 하나 둘씩 반짝이기 시작했다.

그때의 쓸쓸하면서도 평온함, 그 따스했던 기억들!

가끔 친구 말순이가 집에 놀러오면 피아노를 쳐 달라 한다.

더듬더듬 겨우 베토벤의 〈월광 소나타〉를 쳐 주면 친구는 늘 어린 시절이 떠오른단다. 어느 해 여름날, 어머니는 산에 약초를 캐러 가셔서 돌아오지 않으셨는데 어느덧 해는 저물어 가고 골목 어귀를 서성이며 어머니를 걱정하며 기다리던 그때가 떠오른단다.

곡의 분위기가 마치 호수에 달빛이 일렁이는 모양을 떠올리게 해서 월광이란 이름이 붙이게 된 것만큼이나 가슴에 와 닿는다.

그리고 〈푸른 잔디〉.

"풀냄새 피어나는 잔디에 누워 새파란 하늘가~~♬"

이 노래를 부를 때면 우리 동네 고랑에 소를 몰고 가 소들을 풀어 놓고 아이들과 공기를 하며 더러는 남자아이들과 어울려 야구를 하던 기억이 난다. 소들은 '썩썩' 소리를 내며 풀을 뜯고 우리들은 소꿉놀이를 하기도 하고 잔디씨를 훑기도 했다.

가끔은 할미꽃, 질경이, 손으로 뜯으면 참외 냄새가 났던 이름 모를 풀들과 잔디 가운데 드러누워 하늘을 쳐다봤던, 그때를 상상하며 노래를 불러보면 아직도 그때 코끝으로 전해졌던 풀 향기가 또렷이 떠오르곤 한다.

소설가 공선옥 씨는 어느 날, 섬진강 강가에 아이들과 소풍을 가서 강 언덕에 가득 핀 자운영 꽃에 감탄을 하며 아이들을 풀어 놓고 자신은 그 꽃들 가운데 누워 이 노래를 불러 보았는데 끝내는 울어 버렸단다.

훗날, 자신의 아이들이 그날 영문도 모르게 울어버린 엄마의 마음을 헤아리기나 할까, 라고 했는데, 아이들에게도 이런 아름다운 노랫말 같은 추억이 이어질 수 있으면 얼마나 좋을까?

어느 한적한 오후에, 햇살이 다정하게 느껴지는 어느 날엔 동요를 불러보며 나는 나뭇잎 배를 냇가에 두고 온 소년이 되어 보기도 하며 앵두로 목걸이를 만들어 동무들과 달맞이를 가는 아기가 되어 보기도 한다.

그러다 보면 어느새 나는 자그마한 아이 시절로 돌아가 내 기억 속의 유년의 동산을 거닐며, 자라면서 보아왔던 작은 것들 하나하나에게조차 고마워하며 내 영혼은 쉼을 얻게 되고 만다. 그래서 나는 어른이 되고나서야 동요가 좋다.

## 밤비

　초등학교 시절, 아랫집에 사는 친구 오빠가 중학교에 들어간 뒤부터 우리와 달라 보이는 것들이 하나 둘씩 늘어갔다.

　그전까지만 해도 우리와 다를 바 없는 아니 어찌 보면 우리보다 더 유치한 소년 같았는데 그저 그런 얘기도 입에 침을 튀겨가며 마치 자기만 알고 있는 얘기인 양 신나게 얘기하던 친구 오빠였었다.

　그랬는데 중학교에 들어간 어느 무렵부터는 조금 의젓해 보이기 시작하더니만 우리로서는 아직 알 수 없는 그들만의 세계가 느껴지곤 하였다. 나이로 치면 우리보다 두 살밖에 많지 않았음에도 불구하고……. 그것은 언제부터인가 아랫집에서 들려오기 시작한 노랫소리, 그 아름다웠던 노랫말 때문이 컸으리라싶다.

　그 시절, 언제인가 부터 우리 집 담 너머로는 아름다운 노래들이 들려왔다. 그때 오빠가 부른 노래들은 〈꿈의 대화〉, 〈내가〉, 〈나 어떡해〉 등등 대학가요제 노래들이 주로 많았다. 그리고 오빠는 목소리도 꽤나 좋았고 노래 부를 줄 안다고 할까? 노래의 맛을 안다고 나 할까? 어린 마음에도 그런 노래들이 듣기에 좋았다.

그러더니 고등학교에 들어가서부터는 다른 도시로 유학을 가더니만 방학 때가 되어서 집으로 돌아오면 그것보다 더 듣기에 좋은 노래들이 마치 물 흐르듯 담 너머로 연이어 들려오는 것이었다.

그때 부르던 노래들은 '둘 다섯'의 〈밤배〉, 〈일기〉, 〈눈이 큰 아이〉, 〈긴 머리 소녀〉, 그리고 '어니언스'의 〈편지〉, 〈작은 새〉, 〈저별과 달은〉……, 이런 노래들이었다.

아, 어쩌나 그런 노래들이 좋았던지 그 노래를 듣고 있노라면 그 시절엔 미처 알 수 없었던 그리움 같은 것들, 설렘과 가슴 아픈 것들을 어린 마음에도 느껴볼 수 있었다.

나는 긴 머리 소녀를 그려보면서 어쩌면 오빠에게 실제일 수도 있을 동네 언니들을 한 명씩 떠올려보는가 하면 눈이 커다란 어느 소녀를 사랑하는 소년이 되어 보기도 하였다.

그 시절, 그 노랫소리가 들리는 가운데 아랫집과 우리 집 사이 담장으로는 호박넝쿨이 뻗어가고, 양딸기가 시절에 따라 익어가며, 해바라기가 꽃피고 씨가 영글어 가며 계절들이 오갔다.

그런 노래들을 들으며 잠깐의 시절을 보낼 수 있었던 것은 자그마한 행운이었다는 것을 나는 조금 더 자라서야 알게 되었다.

그리고 어린 시절 남들보다 조금 더 불행한 환경을 가졌던 오빠에게 시절을 나게 하는 하나의 통로가 노래 아니었을까 하는 생각을 뒤늦게야 해본다.

그중 특히나 〈밤배〉는 얼마나 고운 노래였던지 한편 '둘 다섯'이라는 이름은 어째서 지은 이름일까 궁금하였는데 그 노래를 부른

두 사람이 한사람은 이 씨, 한사람은 오 씨라는 성에서 '둘 다섯'이라는 이름이 나왔다는걸 알고는 정겹기도 했다.

어느 까만 여름날 밤에 자두 서리, 수박 서리를 끝낸 뒤 별들이 빼곡히 박혀 있는 밤하늘을 올려다보며 아이들과 함께 〈밤배〉를 불러보던 순간은 참으로 행복하였다.

지금도 가끔씩 아주 드물긴 하지만 밤하늘을 볼 기회라도 생기면 하늘이 투명해서 마음까지 맑아지는 밤이라도 오면 나는 밤배의 노랫말을 그려보면서 노래를 불러보면 내 영혼까지 맑아지는 듯해서 좋다.

가끔씩 그 노래를 부르고 싶은 순간이 있다. 오늘이 바로 그런 날이다. 오늘 소나기가 한줄기 내린 여름밤 하늘에 비구름이 갇힌 자리에 몇 개 떠 있는 별이 유난히 더 아름다웠다.

그 하늘 아래서 연주되는 오카리나 공연을 보고 왔다. 〈애니로리〉, 〈10월의 멋진 날에〉, 《G선상의 아리아》 등등.

그 연주곡들을 듣고 있자니 그 고운 선율에 가슴이 뭉클해져 문득 올려다 본 밤하늘에 몇 개 다정하게 떠 있는 별들은 밤배가 되어 마치 조심스레 항해를 해 나가듯 정답게 보였다.

세상엔 아름다운 것들, 감격하고픈 것들이 많아 참으로 가슴 벅찬 밤이다.

# 음악실에서

초등학교에서 중학교로 들어간 후 좋았던 점을 들라면 무엇보다 중학교에는 초등학교에는 없던 음악실이 있다는 것일 것이다. 그 나머지는 유년시절인 초등 시절로 마냥 머물고 싶었지만……

중학교에는 초등학교 건물보다 훨씬 크게 여겨지는 두 개의 건물 중 앞 건물 가장 끄트머리에 음악실이 자리 잡고 있었다. 우리 여학생들이 화장실을 가려면 언제나 지나쳐가야 했던 곳이기도 하다.

그 음악실 한편에는 덩그러니 피아노가 한 대 놓여 있었는데 지금 생각해 보면 그냥 흔히 보는 보통 크기의 검은 피아노였을 텐데 그 시절, 내 기억엔 얼마나 멋져 보이고 또 당당해 보이기까지 하던지. 나는 언제나 저런 피아노를 가져 보나 하며 마음 설레게 했던 곳이기도 하다. 그도 그럴 것이 초등학교 음악 시간에 듣던 풍금 소리에 비할 수 있으랴.

그런 바람으로 인해 어른이 되어 집에 피아노를 들여 놓았을 때는 며칠 동안 입안이 헐고 입술이 부르트고 할 정도가 되었다. 너

28

무나 좋아서 밤에 잠자는 것도 잊은 채 조심스레 페달을 밟아가며 피아노 건반을 두드려 보곤 했기 때문이다. 그만큼이나 음악을 좋아하다 보니 그 시절 음악 시간이 좋을 수밖에…….

종일 한 교실에서 수업을 들어야 하는 지루한 다른 과목 시간에 비하면 음악실로 자리를 옮겨 피아노 소리를 들을 수 있었던 그 시간이 당연히 기다려질 수밖에 없었다.

그렇게 불렀던 노래 중에 기억나는 노래는 〈오! 아름다운 나의 벗〉, 〈친구 생각〉, 〈노래의 날개 위에〉 등등이다. 내 관심은 노래보다 언제나 선생님이 치는 피아노 소리였지만…….

그러다 고등학교에 올라가면서 정말 마음 설레는 일이 생기게 되었다. 중학교까지는 늘 선생님의 반주 외에는 들어보지 못했는데 고등학교에 올라가서는 반 아이 중에 피아노를 치는 아이가 떡 하니 나타나게 된 것이다.

피아노를 칠 줄 아는 그 아이가 부럽다 못해 얼마나 예뻐 보이기까지 하던지 또한 나까지 으쓱하며 자랑스럽기도 하던지…….. 나는 지금도 그 시절 그 애가 주로 입던 옷까지 기억할 수 있을 정도로 그 아이에 대한 기억이 또렷하다.

그래서 음악실에 가서 음악 수업을 하는 시간이 다가오면 언제나 나는 그 애의 동정부터 살폈다. 앞 수업이 끝나자마자 빨리 음악실로 향하면 그날은 영락없이 그 애의 피아노 연주를 들을 수 있는 날이었다.

그런가 하면 음악 시간이 왔음에도 불구하고 친구들과 태연히 놀고 있는 그 애를 발견하게 되면 나는 기다렸던 음악 시간이 못내 아쉽게 되어 자주 그 애에게 졸라대곤 하였다.

그래서 듣게 되는 그 애의 피아노 연주들!

〈시인과 나〉, 〈아드린느를 위한 발라드〉, 〈야생화〉, 그리고 이은하의 〈봄비〉······.

아, 그 멜로디들이 어찌나 아름다웠던지 지금 표현하라면 아마도 가슴이 설레다 못해 부풀어 터져버릴 것 같다는 표현이라도 쓰지 싶다.

더군다나 요즘 같은 봄날에, 점심을 먹고 나서 나른한 오후가 시작될 무렵에 그 애가 쳐 준 이은하의 〈봄비〉는 더더욱 그러하였다.

"봄비 속에 떠난 사람, 봄비 맞으며 돌아왔네······."

노래가 시작되기 전 전주며, 또 곳곳에 아르페지오 반주 그 고운 선율을 나는 지금껏 잊을 수가 없다.

고교 시절 3년 동안 가장 부러운 아이가 누구냐고 누군가가 물어 온다면 나는 아마도 한결같이 피아노를 잘 치는 그 아이라고 말했을 것이다.

그러면서 한편으로는 나 자신도 꿈을 꾸게 되었다.

나도 언젠가는 그 애처럼 피아노를 배워 연주해 보리라는 꿈!

만약 아주 늦은 나이에 배워 손가락이 굳어져 어렵기라도 하다면 동요 정도라도 칠 수 있을 정도는 배워야지, 하며

돌이켜 생각해 보면 왜 그때 고작 그 정도의 꿈밖에 못 꾸었나, 하는 아쉬운 마음도 든다. 이왕이면 좀 더 크게 꾸면 좋았을 텐데 말이다. 이를테면 그때 명곡 두어 곡은 칠 정도는 배워야지 했어야 했다. 하긴 그때 소곡이 뭔지, 명곡이 뭔지도 몰랐던 시절이기는 했지만······.

그래서 어른이 되고 나서 배운 피아노 실력은 그때의 생각대로, 꿈꾸어왔던 그 만큼, 딱 그 정도 수준이다. 현재까지는.

올해도 봄이 오고부터 날씨가 무척 좋다보니 경대를 산책하는 일이 잦아졌다.

며칠 전엔 캠퍼스 곳곳에 핀 개나리, 목련, 매화꽃 등 봄꽃들을 보며 이루마의 피아노곡을 들으며 걷고 있는데 문득 그 시절 생각이 나서 잠시 아쉬워했다. 그때 꾼 꿈 때문에, 욕심을 좀 더 부렸으면 좋았을 그 시절을 떠올리면서.

요즘 연이어 이어지는 화창한 봄날에 마음이 설레게 되어 그 더듬거리며 못 치는 피아노 앞에도 자주 앉게 된다. 작년엔 이루마 곡을 한 곡 배우게 되었는데 죽어라 그 곡만 쳐댄다. 묘한 매력이 느껴져서, 못 쳐도 그럴 듯하게 묻혀가는 그의 곡이 좋아서이다.

그래도 참 다행스럽고 감사한 것은 딸아이가 엄마를 대신해서 피아노를 잘 친다는 것이다. 언젠가는 아이에게 엄마의 꿈을 이루어주어서 고맙다고 말해준 적도 있다.

가끔씩 한가한 날, 해질녘 창가에 앉아 신문이나 책을 읽다 말고 아이가 치는 피아노 소리에 감동을 해서 눈물지을 때가 있다.

세상에 태어나서 어떻게 이렇게 아름다운 것을 남기고 갈 수 있느냐고 그 곡을 지은 이에게 감동하고 감격해서이다.

아이가 보게 될까 봐 부끄러워 얼른 눈물을 훔쳐버리기도 하였는데 어느 날 딸아이의 친구가 집에 놀러 와서 아이가 치는 피아노 소리에 그 애 또한 감동해서 대놓고 눈물을 흘렸다고 하니 이제부터는 혹 내가 지나친 건 아닐까? 주책은 아닐까? 하는 생각에서 자유로워지려고 한다.

　마흔이 넘은 어느 봄날에 어린 시절 어렴풋하게, 그나마 어설프게 꾼 꿈 때문에 감사해 본다. 또한 현재의 삶에서도 그러한 꿈들을 계속 꾸는 것을 잊지 않으면서…….

# 찔레꽃 필 무렵에

연휴를 맞아 고향집엘 다녀왔다.

가기 전에 내가 하고 싶었던 것들은 우선 냇가에 가서 다슬기 잡기, 해질 무렵엔 자전거를 타고 동구 밖 산책하기, 밤이 되면 개구리 울음소리와, 밤하늘의 별은 얼마만큼 선명하게 빛나는지 보는 것이었다.

또 어릴 때처럼 가마솥 아궁이에 불을 지피고 타다 남은 불씨에 자반고등어를 구워 먹어 보는 것도 해 보고 싶었다. 그리고 중학교 때 친구들과 밤 12시까지 기다렸다 몰래 훔쳐 먹은 누구네 집 앵두가 익었는지 이번에도 그때처럼 무서운 그 집 아주머니 몰래 가서 살펴보는 일. 그 대부분을 할 수 있어 좋았다.

다슬기는 가뭄이 심해 얼마밖에 잡지 못했지만 냇가 언덕으로 한 무더기씩 피어 있는 찔레꽃 향기를 맡을 때는 기분이 좋았다. 그리고 그 집 앵두는 아직 익지 않아서 조금은 아쉬웠지만 그날 밤 아이들과 앵두 따먹던 추억을 떠올릴 수 있어 좋았다. 달이 유난히도 밝은 초여름 밤, 모내기가 끝난 질펀한 논으로 들어가 그 집 뒤꼍에 있는 앵두를 살금살금 딸 때 가슴이 얼마나 콩닥거리던지…….

앵두를 보고 집으로 돌아오는 길엔 해가 아직 한참 남았을 무렵이었는데 개구리 몇 마리가 개굴개굴 울어댔다. 늘 이맘때가 되면 논에 아직 개구리들이 살아 있을까 궁금했었는데 여전히 고향을 지키고 있다니, 착한 녀석들!

해를 조금 남겨두고는 자전거를 타고 동구 밖을 달리는데 이번에는 뻐꾸기 한 마리가 "뻐꾹~뻐꾹~" 하며 울어댔다. 그 소리가 어찌나 반갑고 고맙기까지 하던지…….

우리 아이는 이번 시골에 있을 동안 울 뻔한 적이 있었는데 어떤 새 한 마리가 우리 집 마당쯤에 와서 울고 가는데 그 소리가 너무 고와서 울 뻔했단다. 참, 누구 딸 아니랄까봐서…….

자전거로 마을을, 모내기 끝난 논들을 지나는데 얼굴에 와 닿는 상큼한 바람에 기분이 무척 좋아져 노래를 부르며 달렸다.

"물소리 까만 밤 반딧불 무리~~"

이웃 마을까지 가서 자전거를 돌려 집으로 향하다 이번에는 친구들과 중학교 다니던 아직 흙길인 길을 가보고 싶어졌다. 조금은 울퉁불퉁한 흙길을 가다가 우연히 과수원에서 일하던 동기를 만났다.

녀석은 나를 알아보고는 집에 들어가 차 한 잔 마시고 가라고 했다. 마침 새로 지은 예쁜 집이 궁금해서 주저함 없이 따라 들어갔는데 아기 기저귀를 개키고 있던 친구 와이프는 난데없이 불쑥 들어선 남편의 여자 동기인 나를 보고 의아해 했다.

지은 지 일 년 된 온통 하얀색인 예쁜 신혼집에서 친구 색시가 내온 차를 얻어 마시며 거실 창 바로 너머로 펼쳐진 과수원 풍경에 감탄을 하고는 집으로 돌아오는데 어느덧 그날 해가 뉘엿뉘엿 지고 있었다.

밤엔 저녁을 먹고 드라마를 본 뒤 이젠 옥상 가서 밤하늘을 볼까 하는데 마을 아주머니들이 운동 가자고 어머니를 부르셨다. 우리도 따라 나섰다. 걸어서 웃목골, 소대마을을 지나 복동교회쯤에서 다시 돌아오는 코스란다.

집을 나서며 하늘을 보았는데 밤하늘엔 별이 얼마나 선명하게 빛나던지, 또 하늘 가득 얼마나 많기도 하던지. 예전 설악산 대청봉에서 보았던 별만큼이나 많이 쏟아져 내릴 듯 가까워 보였다. 적어도 나한테만큼은 말이다.

이제 마을을 벗어나 논이 시작되는 들을 지날 때부터는 개구리들의 합창이 시작된다. 여름밤의 개구리들의 합창소리! 아, 이건 정말 합창이라고 할 수밖에 없다. 이보다 더 적절한 표현은 없을 듯하다. 초여름 밤이면 수없이 들어온 개구리 소리지만 나이가 더할수록 정겹게 들린다.

별들을 보며 개구리들의 노래를 들으며 어머니들의 얘기 소리를 들으며 걷는 그땐 얼마나 행복하고 평화롭던지 다른 건 다 두고라도 이것 하나만으로도 족하다, 그런 마음이었다.

웃목골을 지나며 소대마을을 지날 땐 아직 초여름임에도 몇몇 집은 마당에 평상을 내 놓고 가족들이 모여 앉아 수박을 먹고 있었다. 또 어떤 집은 모깃불까지 지펴 놓고 둘러 앉아 얘기들을 나누는데 그 광경을 보는 것만으로도 흐뭇했다.

마을을 돌고 나오는 길에 아주머니들에게 학교 다닐 때 이 길쯤에서는 어떤 일들이 있었는지 등등 얘기를 해드렸더니 다들 큰 소리로 웃으셨다. 그러는사이 초여름 밤이 깜깜한 밤하늘만큼이나 깊어져갔다.

　이튿날, 자반고등어는 내가 직접 아궁이에 불을 넣어 구워 보고 싶었는데 엄마가 날 못미더워 하셔서 아침에 일 나가시며 미리 구워 놓으셨다. 그런데 훨훨 타는 불에다 그냥 구우셔서 자반고등어가 그 을음으로 온통 새카맣게 되어 버렸다. 아이구, 이 맛이 아닌데!

　그날 해질 무렵, 자전거를 타고 들판을 지날 때 문득 이런 생각이 들었다. 내 나이 곧 마흔이 되고, 쉰, 예순……. 그때에도 6월 즈음에 고향엘 오면 지금처럼 찔레꽃은 탐스럽게 피어있고 개구리들은 여전히 노래 불러 주겠지? 그리고 봄은 또 이어질 테고.

　많은 것들이 변해 가지만 그래도 봄, 여름. 가을, 겨울, 쉼 없이 오갈 자연 앞에서 나는 작지 않는 위로를 받을 것이고 또 그것들과 더불어 행복할 수 있을 것 같다, 라고…

# 나팔꽃을 심으며

오랜만에 고향엘 다녀왔다. 어쩌다 보니 한참 만에 찾게 된 고향이다. 그다지 바쁜 철이 아니기도 하지만 고향을 가기 전 내 관심사의 하나는 여전히 몇 년 전과 다르지 않게 이 무렵이면 시장에서 언뜻 볼 수 있는 앵두와 오디를 구경할 수 있을까? 하는 것들이었다.

마침 기분 좋게도 고향 들녘에서는 오디와 앵두가 한참 익어가고 있었다. 집에 도착한 뒤 얼마 있지 않아 우리는 뽕나무가 있을 법한 작은 언덕부터 찾았는데 커다란 뽕잎 사이로 새카만 오디가 군데군데 달려 있었다.

오래전에 어느 시골길을 가다가 오디를 발견하고는 뽕나무 가지를 잡아 당겨가며 오디 따는 일에 열중하던 엄마의 기억을 잊지 않은 아이는 엄마가 그때처럼 또 위험을 무릅쓰고 오디를 딸까봐 못 미더워 안달이었다. 오디가 조금밖에 없어 아쉬웠다.

그러다 어느 집 입구에서 발견한 앵두나무엔 얼마나 많은 앵두들이 달려있던지, 마치 멀리서 보면 발그스레하게 자그마한 봄꽃들이

가지에 붙어 핀 것처럼 보였다.

"엄마! 이것 따 먹으면 안 돼?" 하는 아이에게 주인 허락을 받고 따 먹어야 한다고 말했다. 그래도 먹고 싶다고 조르는 아이한테 정 그러면 떨어진 것을 주워 먹으라고 했다.

아마도 앵두나무 집 주인일 거라 여겨지는 아주머니가 손주들 오면 주려고 가만 놔둔 것일지 모른다고 해놓고도 남도 아니고 아버지 고종사촌누이 되시는 친척 아주머니네 앵두인데도 뭘 그렇게까지 하느냐고 나 자신에게 웃어보았다.

나중에 안 사실은 주인은 친척아주머니가 아닌 아주머니네 옆집 앵두나무였다.

일을 마치고 돌아오시는 엄마를 앞장세우고 가서 그 집 주인에게서 익은 것 골라서 따먹으라는 허락을 받고는 붉고 도톰한 앵두를 실컷 따 먹고 돌아왔다. 떨어진 것 주워 먹었다는 말에 엄마도 그 댁 아주머니도 그러는 나를 보며 등신 아닌가 하는 투로 웃으셨다.

이런저런 일들로 이번엔 오랜만에 고향의 정겨움을 듬뿍 느끼고 돌아왔다.

어느 무렵엔 나는 왜 언니도, 오빠도 없이 이렇게 맏이일까, 하며 몹시 아쉬워하고 쓸쓸한 적이 있었는데 그러한 까닭에 부모님이 다른 분들보다 조금은 젊다는(?) 사실이 내게 위로와 흐뭇함이 되는 구나, 싶어 새삼 감사하다는 생각도 해보았다.

물론 요즘은 그다지 바쁜 농번기는 아니지만 다른 사람들은 시골 가서 일손이 되어주고 도움이 되어 준다는데 나는 도움은커녕 오히려 일만 만들어 준 셈이다. 그리 생각하면서도 그러한 것들이 작은 호사처럼 여겨져 좋기도 하였다.

일터에서 돌아오셔서 많이 고단하실 텐데도 엄마는 내가 가져갈 밑반찬을 만들어 주셨다. 또 나팔꽃 모종과 해바라기 모종이 필요하다는 말에 엄마는 나팔꽃을 캐러, 아버지는 해바라기 모종을 구하기 위해 알아보러 가셨다

나는 염치 불고하고 이번엔 어린아이 시절로 돌아가기라도 한 듯 그냥 누려보기로 했다. 자식 이외는 아무도 모르는, 그래서 한동안 나를 안타깝게 하고 마음 아프게 했던 어머니의 원초적인 사랑도 주저 없이 이해하고 받아들였다.

한편 이 집 딸내미 왔다면서요, 하며 당신들이 농사지으신 현미쌀과 찹쌀을 한 됫박씩 가지고 일부러 찾아오신 동네아주머니가 계신가 하면, 어머니가 나팔꽃이라고 캐 오신 식물을 보고는 나팔꽃이 아니라며 어두워지려는 밤에 일부러 그 집 뒤꼍에 있는 나팔꽃을 캐다가 갖다 주신 이웃집 아주머니도 내 고향에는 계신다.

그리고 길목 어귀에서 뵙게 되는 어르신들, 할아버지라고 부르기에도 너무 많으신 연세, 팔순의 어른들. 주름투성이 얼굴에다 서툰 발걸음들…….

그 전에는 그런 모습을 뵙노라면 고생스런 농사일이 떠올라 안타깝고 서글프고 그랬었는데 이젠 오히려 그런 모습에서 평온함 비슷한 것을 느껴본다. 늙어가는 것의 편안함이랄까? 여러 모양의 몸짓으로 삶을 견뎌내시고, 또한 떠밀리듯 힘겨운 삶들을 그분들은 살아 내셨을 테니까!

평온함이란 어느 해 겨울날, 시골 가는 버스 안에서 올케와 시누이

로 보이는 할머니들이 나누던 대화들이 떠올라서일지도 모르겠다.

"희야! 나는 요즘 저 무덤들을 보면 제일 좋다. 얼마나 따스하고 편안할까?"

그 말에 고개를 끄덕이시던 또 다른 할머니!

어쩌면 그분들도 그 할머니들처럼 그런 평온함이 있을지도 모른다고 생각했다.

그렇게 고향은 언제나 변함없이 그곳에 또한 변함없는 사람들이 살고 있는데, 내 마음 상태에 따라 고향은 기쁨으로 다가오기도 때로는 아픔으로 다가오기도 하는 것 같다. 그러나 지금은 그런 고향이 있음에 마냥 감격해본다.

시골서 캐 온 나팔꽃을 화분에 옮겨 심으며 "나팔꽃도 어울리게 피었습니다. ♪" 노래를 흥얼거리며 불러본다. 잘하면 우리 집 2층 계단 난간에 덩굴을 뻗어가며 보라색, 분홍색으로 예쁘게 필 나팔꽃들을 상상해 보면서 말이다.

## 나의 형제님과 자매님

어느 날 아버지께로부터 전화가 왔다.

"야야! 니 한번 다녀갈 시간 안 되나? 나는 니가 보고 싶다" 하시는 것이다.

나 참, 살다 보니 아버지께 이런 말씀 들을 때도 다 있구나 싶었다.

어릴 때부터 너무나 무서웠던 분! 오죽했으면 어린 시절, 집에 텔레비전 보러 온 동네 아이들이 우리 아버지가 저 멀리 오시는 것만 봐도 서둘러 집에 가느라 야단들 이었을까? 그런 아버지께서 이런 말씀을 하시는 걸 보니 우리 아버지도 이제 나이 들어 늙어 가시나 보다 싶었다.

때마침 시간이 되어 부모님도 뵐 겸, 또 이제 막 올라오고 있을 쑥이랑 이른 봄 냄새 날 우리 동네 들녘이 생각나 아이와 함께 고향으로 갔다.

집에 와 보니 개고기에다, 또 내가 먹지 않을 것을 생각하셔서 엄마는 이것저것 나물 반찬도 만들어 놓으셨다. 아버지는 너도 개고기를 한번 먹어 보라고 권하시지만 난 정말 그것만은 별로다.

저녁을 먹은 후 이런저런 이야기를 나누며 엄마께 "엄마! 아버지가 니 보고 싶다, 그카시데." 그렇게 말씀드렸다. 그렇게 말하면 엄마가 딸에게 '너거 아버지가 말씀을 안 하셔서 그렇지 평소에 자식 생각 많이 한다.' 이렇게 말해줘야 정상일 텐데 "와 카노? 마음 변했나!" 하신다. 정말 우리 엄마는 못 말린다.

딸내미가 와도 엄마는 밤 운동을 쉬지 않으신다. 그것은 우리 집 옥상에 올라가셔서 빠른 걸음으로 도는 것, 그렇게 해서 무릎 아파 고생하신 게 많이 나으셨단다.

나도 엄마 뒤를 따라 큰 원을 그리며 돌았다.

뒷집 개가 내가 낯설어서일까? 쳐다보며 자꾸만 짖어댔다.

까만 하늘엔 희미하지만 별 몇 개가 보인다. 하늘을 쳐다보며 '얘들아, 안녕! 누나가 왔단다.' 하며 속삭이는 것도 나는 잊지 않는다.

시골에서 나는 봄밤 냄새가 참 좋았다.

다음 날 아침, 눈을 뜨니 아버지께서 안 보이셨다. 으레 들에 가셨을 테지만, 그래도 엄마한테 애교(?)를 부리고 싶은 마음에 "재호자매! 영식이 형제님은요?" 하고 물으니 엄마의 대답은 논에 가셨다고 하신다. 그러셨을 테지!

아침을 먹고 교회에 갈 준비를 한다. 준비하고 있으면 교회 장로님이 운전하는 교회 차가 우리 집 앞까지 온다. 아버지의 고종사촌 누이이신 아주머니와 함께 차를 기다린다.

먼저 이웃 마을 교회 차가 지나가는데 차 안엔 만원이다. 얼마 전 윗마을에 사는 아저씨(집사님)가 한 할아버지를 전도하셨는데 그 할아버지가 동네 어르신들을 죄다 전도하셨단다. 몇 년 전엔 다방 아가씨에게 빠져서 들에만 다녀오시면 서둘러 세수하시고 장터에 가시던 할아버지셨는데 말이다. 내 친구 아버지도, 목탁소리 울리던 집의 할머니도……

차가 지나가니 엄마가 웃으시며 "저 다 나이롱 신자들이다." 하신다.

그래도 집사님은 싱글벙글하신다.

나이롱 신자면 어떤가? 그래도 의지할 때가 있다는 게 어디라고. 그 연세에, 제대로 알지 못하고 믿는다 해도 다들 어린아이 같은 마음들이실 텐데 말이다.

교회에 커튼이 새로 바뀌어 훨씬 더 아늑하다. 성가대도 장로님들도 모두들 여전하시다.

볼 때마다 예지 키가 쑥쑥 크니 목사님이 예지한테 하시는 말씀도 변함없으시다.

"예지, 정말 많이 컸네." 말씀하시고 한 번 안아 주신다.

예지가 두 살 때 우리 교회에 오셨으니 이제 십 년이 되었다.

점심 식사 후에는 〈전국노래자랑〉을 보고 엄마랑 쑥을 뜯으러 갔다. 이른 봄볕에 제법 자라있는 쑥이 정겹다. 사과나무 아래에 퍼무리고 앉아 엄마와 나는 쑥을 뜯는다.

엄마는 언제가 가장 행복했냐는 딸의 물음에 "뭐, 행복! 그런 적 없었다." 하신다. 참 엄마도……

"난 늘 행복한데, 이렇게 쑥 뜯는 것도 행복하잖아!"라는 말에 엄마는 "점심을 너무 먹었더니 배불러 죽겠네." 하시며 딴소리다.

바람이 간간이 불지만 양지녘에 앉아 엄마와 딸이 쑥을 뜯는 그 순간이 난 참 행복하다.

웬만큼 했고 바람도 불고 이젠 일어나야지, 하고 일어났다. 집에
와서는 엄마는 낮잠을 주무시고 나는 빨래 마른 게 보여서 빨래를
걷어왔다. 작업복으로 입는 아버지 바지부터 속옷이며, 엄마의 옷까
지. 그러다 콧날이 시큰하며 눈시울이 붉어짐을 느낀다.

이렇게 찾을 고향집이 있어서, 부모님이 살아 계셔서, 부모님의 빨
래를 개킬 수 있는 것이 얼마나 감사한지 문득 우리 교회 집사님이
하신 말씀이 생각났다. 예지 엄마는 꼭 복음송 노랫말 같다며 남이
가진 것 안 가졌고, 남이 안 가진 것 가졌다고 하신 말씀이……

조금 있으니 아버지의 오토바이 소리가 났다. 내가 개고기를 안
먹는다고 아버지는 통닭집에서 양념치킨을 한 마리 사오셨다.

시골의 초근식당 통닭 맛은 특이하다. 아이랑 맛있게 먹으면서 아
버지께 "형제님이 사 오신 통닭 참 맛있네요!" 농담을 건네 봤더니
아버지는 '야가 무슨 말 하노?' 하는 표정으로 대꾸하지 않으신다.

어느덧 해는 뉘엿뉘엿 저물어 가며 저녁이 되어 온다. 도회지에
있을 땐 제일 쓸쓸할 때가 이때다. 그러나 시골에선 해질 무렵이 가
장 평화롭다.

엄마 자전거를 꺼내 동구 밖으로 내달렸다. 아이는 뜀박질로 따
라오고 아이를 두고 저 멀리 다리까지 달려본다. 신나게 페달을 밟
으며 노래를 부르면서 다리까지 왔다. 저 멀리 있는 아이가 점만 하
게 보였다.

하늘에는 아직은 희미하지만 보름달이 둥그러니 떠 있다. 얼마나
좋은 저녁풍경인지……

어릴 때 도깨비 나온다는 공글을 지나며 다시 마을로 향한다.

이젠 옥상에 올라가 동네를 살펴본다.

예전처럼 연기 나는 굴뚝은 볼 수 없지만 뭔가가 익는 냄새가 날 듯 엄마가 현관문을 열고 골목으로 나가시는 게 보인다. 분명 밥 먹으라고 우리를 찾으러 가시는 것일 게다. 늘 겪으시면서, 으레 그 무렵이 되면 우리는 옥상에 있는데…….

그렇게 또 하루해가 저물어간다.

다음 날, 엄마는 전날 빻아둔 쌀가루에다 쑥을 버무려 떡을 해 주셨다. 떡 이름이 탈탈이 떡이란다! 표준말은 쑥버무리다. 손이 큰 엄마는 떡을 얼마나 많이 하셨는지……. 쑥 익는 냄새가 참 좋다.

그렇게 연휴를 보내며, 나의 형제님과 자매님이 계신 고향을 뒤로 하고 돌아오는 길엔 봄꽃들이 어찌나 화려하던지…….

내 고향의 봄도, 또 산천의 봄도 그렇게 깊어만 갔다.

# 쑥을 뜨으며

어린 시절 어느 봄날, 아마도 초등학교는 들어갔지 싶다.

어린 나는 이제 막 갓 올라온, 미처 세상 구경도 다 못했을 어린 쑥을 뜯기 위해 바구니와 칼을 들고 들녘으로 나갔다.

봄볕이 노곤한 양지녘에 앉아 하얗게 털이 보송보송 난 아기 쑥을 뜯다 보면 쑥보다는 더 귀하게 여겨지는 달래가 몇 개 밭둑에 듬성듬성 올라온 게 보였다. 나는 다시 집으로 곧장 달려가서는 칼과 바구니를 팽개치고, 호미와 바가지를 들고 서둘러 들로 나갔다. 그러는 사이 달래가 어디로 사라지기라도 할 듯이……

호미로 흙을 파가며 달래를 캐다 보면 달래는 몇 개가 전부고 쑥은 또 더 많아 보여 또 다시 달려가 칼과 바구니를 챙겨서 들로 나가고. 그러기를 한두 번 더 한 후에서야 한꺼번에 호미와 칼을 챙겨서는 편안한 마음으로 들녘으로 나갔다.

봄이 되어, 아지랑이가 스멀스멀 피어오르기라도 하면 이런저런 이유들로 마음이 설렌다. 시골에서 자란 덕분이겠지만 지금쯤은 냉

이가 올라오겠구나, 쑥이 나오겠지? 고사리가 나오겠구나, 가늠해 보는 것도 빼놓을 수 없다. 그래서 봄에는 되도록이면 한 번은 시골에 다녀온다. 가서 쑥을 뜯던가, 좀 늦은 봄엔 고사리를 꺾든지 한다.

작년 봄의 일이다.

나는 어릴 때의 기억을 잊지 않고 한꺼번에 호미와 칼을 들고 들녘으로 갔다. 논둑에 오밀조밀하게 한 가족처럼 모여서 봄맞이를 하고 있는 조그마한 쑥들을 향해 누군가처럼 '너한테는 미안한 일이지만 내가 너를 좀 먹어야겠다'는 말도 없이, 그리고 아무 주저 없이 칼을 들이댔다.

밭둑에는 이제는 아무도 귀하게 여기지 않을 달래가 수북이 올라와 있었다. 호미로 흙을 파 가며 뿌리 통통한 놈을 골라내다 보니 그것도 힘이 들었던지 그날 밤엔 잠에 곯아 떨어졌다.

그렇게 뜯은 쑥을 이곳 집으로 가지고 와서는 보는 것만으로도 기분 좋아 햇빛에 말려도 보았다가 결국엔 파랗게 삶아서 떡집으로 가지고 갔다.

"아줌마! 콩고물에 묻혀 먹는 쑥떡 알지요?"

알았다며 고개를 끄덕이는 떡집 아줌마를 보고서도 누군가와 심각한 내용으로 통화를 하는 아줌마가 못내 못 미더웠는데 역시 내 염려대로 그 옛날, 음력 2월이 되면 먹던 콩고물에 묻힌 쑥떡이 아닌 쑥절편을 해놓고야 말았다.

따듯한 김이 모락모락 나는 떡집에서 아직 쑥 향기가 남아 있는 떡을 받아 들고선 그 향기가 좋아 아주머니를 나무랄 수도 없었다.

그랬는데 그 떡이 얼마나 맛있었던지 어른이 되고 나서 떡이 그렇게 맛있는 줄 처음으로 알았다. 당연히 내가 뜯은 쑥으로 한 떡이어서 더 했겠지. 그리고 작은 것도 살뜰한 의미로 다가오는 나이여서 더 할 테고.

그 떡을 내가 좋아하는 이웃과 떡을 좋아하는 이웃, 또 조금 멀리 친구네 집으로 일고여덟 집을 나눠주고 나니 긴 봄날 하루가 금세 저물어가고 있었다.

그날, 떡을 나르는 내 발걸음은 얼마나 뿌듯하고, 기분 좋았던지 잠시 봄 처녀가 되기라도 한 듯 마음이 부풀어 올랐다.

그 조그마하던, 아기손바닥만 한 쑥이 주던 그해 감동의 봄날도 그렇게 깊어갔다.

# 햇살 아래서

아이 때 나는 겨울이 다가오면 좋아했다. 무엇보다 학교에서 돌아오면 농사철이면 늘 논밭에 나가 일하시는 엄마가 겨울만큼은 집에 계셨기 때문이다. 꼭 집에서 우리를 맞아주시지 않으셔도 어른들이 마을 누구네 집에서 노는 모습을 보는 게 좋았다. 그제야 쉬는 부모님 모습을 볼 수 있어 마음 편하고 행복했다.

그러니 겨울도 끝나가는 즈음이 아니라 막 시작될 무렵이 좋았다. 김장감을 걷어 들이고 배추시래기가 엮어지고, 무말랭이가 널려지던 때……. 아! 한참 동안이나 겨울이 남았구나 하는 안도감! 그러다 한가롭고 평화롭던 겨울이 가고 곳곳에서 봄이 오는 것이 느껴지면, 못에 얼음이 얇아지고 농사지을 준비가 시작되면 나는 못내 아쉬워했다.

그러나 그런 나의 갸륵한 마음씨는 세월과 함께 조금씩 변하여 언제부터인가 겨울을 싫어하기에까지 이르렀다. 부모님 생각보다는 먼저 나를 생각하게 된 것이다. 우선은 추위부터가 싫었다. 을씨년

스럽다는 표현이 나이들 수록 실감나기도 했다.

또 어른이 되고 나서는, 무엇보다 이 일을 하고부터는 겨울에는 손님들이 뜸해지는 이유도 한몫을 했다.

그러다 몇해 전 부터는 슬며시 겨울이 기다려지기 시작했다.

만약, 일이 조금 조용해지기라도 한다면 그때 그 시간만큼은 내가 읽고 싶었던 책을 마음껏 읽을 수 있게 되는 것도 설레고 흥분되게 만든다.

겨울날 오후, 창가에 앉아 따듯한 햇볕을 쬐며 꾸벅꾸벅 졸아가며 책을 읽을 수 있는 그 기쁨이란!

우리 집 거실 창으로 들어오는 겨울 햇살은 유난히 더 따사롭다. 아니, 좀 더 다르게 느껴진다. 같은 햇살인데도 불구하고 몸과 마음에 더 와 닿는다고 해야 할까?

어느 해 겨울날, 윷놀이를 하러 온 어떤 이는 우리 집에서 이 겨울 햇볕을 쬐면 시인이 되지 않으려야 않을 수 없겠단다.

그러고 보니 햇살이 더 따뜻하게 느껴지던 어느 겨울날이 떠오른다.

어느 날 정오가 되어갈 무렵, 함께 점심을 먹자고 친구들 둘이 집에 놀러 왔다.

내가 거실 창 버티칼 사이로 스며드는 햇볕에 자주 감탄하는 것처럼 친구들도 집에 들어오는 순간, 햇볕이 제일 먼저 마음에 들었던지 들어오자마자 아예 버티칼을 한쪽으로 밀어 제치는 것이었다. 그러고는 둘이 앉더니만 이내 가방을 열고 천 조각을 꺼내어 바늘에다 실을 꿰고 바느질을 해나가는 것이었다. 그것이 퀼트라는 것이란다.

내가 안에서 일을 하는 동안 밖에서는 조곤조곤 말소리가 들려왔다. 행여나 내게, 손님에게 방해가 될까 봐서 천천히 그리고 조용히……

해면을 빨려고 나가 보면 햇빛 아래 친구 둘이 머리를 마주 대고 바느질을 하면서 두런두런 이야기를 나누며 나는 또 나대로 나직한 음악을 틀어두고 일하던 그날!

한참 지나서 그때가 생각나 떠올려 보면 참 평화로운 겨울 풍경이다 싶어 마음이 따스해진다.

홈패션, 퀼트 등등, 친구는 얼마나 그런 것들을 좋아하는지 친구네 집 구석구석에는 천 조각들이 곳곳에 널브러져 있다. 친구 남편이 퇴근을 해서 보면 아내인 친구, 그리고 딸내미 둘까지 여자 셋이서 천 조각을 들고 바느질을 하고 있는 모습을 보면 가관이 아니란다.

덕분에 나는 우리 집 커튼이며 침대 커버며 또 딸아이와 내가 입을 수 있게 퀼트로 만들어 준 캉캉치마며 원피스를 갖고 있어 나는 또 나대로 친구의 솜씨를 마음껏 자랑할 수 있어 신이 난다.

언젠가 처녀 때 나와 친구를 보며 어떤 사람이 정말 친구가 맞느냐고 한 적이 있다. 내가 언니 같다는 거였다.

그 어려 보이던 친구가 이제는 제법 마음씨 좋고 포근한 아줌마가 되어 간다. 해가 갈수록 더 따스하게 와 닿는 햇살처럼 우리는 그렇게 나이 먹고 있다. 올해에도, 그리고 그 훗날에도 우리에게 그런 겨울은 이어지겠지.

그 세월 속에서 딸들은 자라날 것이며 우리는 또 우리대로 깊어지며 더 따뜻해질 것이다.

# 깻잎 따던 날

살면서 간혹 깻잎을 따던 날과 맞닥뜨릴 때가 있다.

아마도 스물너덧 살 무렵이었을 것이다.

추석 연휴가 끝나갈 즈음, 엄마와 나는 고추밭 고랑 가로 노르스름하게 물들어가던 깻잎을 따던 날이 있었다. 고추밭에는 발갛게 고추들이 익어가고 밭두렁 아래는 누런 황금물결의 벼들이 가을바람에 일렁이고 있던 때였다.

가을 하늘은 청명하게 높기만 하고 모든 것들이 충만한 고요 가운데 잠겨 있는 그때, 그날 나는 왜 그렇게 끝없이 외롭기만 하던지. 세상의 어떤 좋은 것들이 다가온다 할지라도 그 외로움을 잠재울 수 없을 것만 같았다. 그것은 마치 오래도록 보고 싶어 하던 이를 그제야 만나고, 다시 기약 없는 이별을 해야 하는 그런 아득함 같기도 했다.

그날, 깻잎을 한 장씩 한 장씩 따면서 엄마와 나는 무심히 말을 나누기도 했는데 그러는 가운데 간혹 우리 곁엔 벌들이 윙윙 날아

다니기도 했던 것 같다. 지금도 가끔씩 나는 잠시 외로울 때면 그 날처럼 깻잎이 수북이 자란 밭둑에 서 있는 느낌이 들곤 한다.

내 삶의 목적도 책임도, 순종도 다 잊고 싶어질 때 게을러지고, 늘어져 있고 싶은 유혹에 빠질 때 깻잎 따던 날과 같이 아득해진다. 잠시 그런 한눈을 팔 때에 내게 오는 결과에 대해 나는 너무나 잘 안다.

"아~ 언니!……."

마치 어미닭이 병아리를 살피듯 언제나 내 마음의 소리나 내 생각들에 귀 기울여 주는 언니에게 탄식 아닌 탄식을 하는 문자를 보냈다.

그랬더니, "그래, 그렇지! 하지만 우리는 혼자가 아니잖니? 니 곁에서 말없이 지켜보는 눈길과 손길을 잊지 마!" 하면서 그런 지금의 내 삶의 모습조차도 누군가에게는 최대의 목표점이 될 수도 있다고, 내가 가진 건강이 그럴 수 있고 또 내가 가진 어떠한 것이 그럴 수도 있다고 하신다.

그리고 보니 보잘것없는 나를 닮아가고 싶다는 한 사람이 생각났다. 그런 한 사람을 세워주고 지지해 주는 자로서의 역할을 감당하는 것도 나의 삶에서 결코 소홀히 할 수 없는 부분이겠다고 믿어보았다.

언니의 그 격려 한마디에 나는 다시 힘을 얻고 온전히 설 수 있기를 기도하며 그리고 내게 우물물이 되어 주시는 그분을 바라보며 그 우물에서 퍼 올린 생수를 내 이웃과도 나눌 수 있기를 소망하며 오늘 하루를 연다.

# 봄봄

　누가 봄을 봄이라 이름을 지었는지 그렇게 부른 누군가에게, 어느 사람들에게 맞아요, 라고 칭찬해 주고 싶다. 이보다 더 어울리는 계절 이름이 또 있을까?

　보라고! 얼마나 아름다운지 둘러보라고 '봄'이라 이름 지었을 것이라 하였는데, 나는 아마도 짐작만은 아니라고 본다.

　파란 새싹들이 나오고. 예쁜 꽃들이 피고, 그 즈음도 좋지만 나는 지금처럼 채 가시지 않는 겨울끝 무렵 겨울과 봄의 길목 사이 이즈음이 참 좋다. 봄꽃들이 나오다 말고 소스라치게 놀라고 말 것 같은 계절!

　이맘때면 아지랑이 피어오르듯 내 마음도 부풀어 오르고 알싸하다는 동백꽃 향기가 전해 올 것 같기도 하다. 날이 짧아서인지 왠지 꼬리가 잘려 나간 듯하여 안쓰럽게 느껴지는 2월도 가고······.

　며칠 전에는 날씨가 무척 좋아 아는 분께 여행을 떠나고 싶은 봄날이라고 문자를 보냈더니 이내 답장이 왔다.

"너는 천사도 흠모할 것들을 가졌잖니? 풍부한 상상력과 아름다운 감성, 이 두 가지를 다 가졌으니 몸은 일하더라도 영혼은 훨훨 날아보렴."

참, 언니는 이런 망극할 표현으로 나를 기분 좋게 해준다니까!

하여 집에 있으면서도 여행하는 마음으로 하루를 보냈는데 오늘은 상상이 아닌, 영혼이 아닌 내 눈으로 직접 봄이 오고 있음을 보고 왔다. 들판엔 매화꽃이 피어 있고, 또 노오란 산수유 꽃도 피어나고 있었다.

그런 가운데 나는 잠시 소설, 동화 속의 빨강머리 앤 생각을 했다. 고아 소녀인 앤을, 자신들이 원했던 남자아이가 아니었음에도 불구하고 딸처럼 사랑하며 키워준 친절한 매슈 아저씨가 갑자기 세상을 떠났을 때 앤은 커다란 슬픔에 빠져 집 안에서만 지내게 된 날들이 있었다.

그런 며칠을 보내고 바깥으로 나왔을 때 대지 위에는 전나무 사이로 태양은 떠올라 있었고, 집 마당엔 망울장미가 피어있었다. 그 정경들을 보며 앤은 아저씨가 살아계실 때와 마찬가지로 여전히 가슴이 설레며 인생은 아름답다고 여기는 자신을 알아채고는 부끄러워하게 된다.

그런 앤의 마음 상태를 들은 그 마을 목사 부인은 앤에게 이렇게 위로를 해준다.

자연한테는 사람의 아픈 마음을 아물게 하는 힘이 있어요, 라고. 그런 자연 앞에 마음 닫을 필요는 없어요, 라고.

그래, 맞아! 그 목사 부인이 한 말처럼 자연은 사람들의 마음을 치유해 주는 훌륭한 역할을 하기도 하지. 다만 그 감사함을 고마움을 말로 표현하지 못해서 그들에게 조금은 미안하기도 하지만 이 조그마한 속삭임을 그들도 어쩌면 알아 줄 수 있을지도 모르겠다.

돌아와서는 언니에게도 봄소식을 알리고 싶어 문자를 보냈다. 이렇게 함께 느낄 수 있고 또 기뻐해 줄 수 있는 사람들이 있다는 것을 잊지 않고 싶어서다.

"언니가 일깨워준 감성과 상상력으로 봄 들판을 누비기도 하며 요정이 되어 사뿐히 날아 보기도 했어요."라고. 그래서 행복한 봄날이었노라고.

내가 느낄 수 있는 것보다 더 풍성히 누리고 감격할 수 있도록 북돋아 주는 내가 아는 착하고 따듯한 사람들!

그 언니가 말한 것처럼 나는 또 상상력으로 라일락꽃이 핀 5월에는 앤이 사는 동네에 달빛이 환한 어느 봄밤에 무지개 골짜기에서 어여쁜 아가씨 로즈마리와 그 마을 목사의 우연한 데이트 장면이 떠올라 웃음 지을 것이다.

이렇게 마음껏 몰두한 오늘 하루도 행복한 날이었다. 어제도 내일도 아닌, 오늘 하루도…….

그러는 사이 하루하루 봄은 성큼 더 가까이 와 있을 것이고 우리집 모과나무 가지에서는 올 봄에도 모과 꽃들이 어김없이 뾰족이 내밀며 피어날 것이다. 그러면 나는 또 감격에 겨워 여기저기 친구들에게 연락을 하리라. 그렇게 모인 우리는 까르르 웃으며 봄 한나절을 보내게 될 것이다.

# 고향

　김진홍 목사님이라고, 개인적으로 내가 존경하고 또 내가 특별히 큰 분이라고 여기는 분이 계신다. 친구들도 아는 바와 같이 그분은 사부실 출신에다 우리와 같은 중학교에 입학한 우리에게는 선배님이기도 하다.

　그분이 매일 아침 묵상편지를 보내주시는데 간간이 고향 이야기가 나온다.

　우리 마을에서 보면 내를 하나 건너면 보이는 자그마한 마을, 사부실! 그곳 뒷동산에서 소를 먹이며 친구들과 전쟁놀이를 하던 일, 복동교회에서 연극을 하던 어린 시절의 기억을 지금도 꿈을 꾸곤 하신다는 이야기며 고향이 그립다는 이야기.

　누구나에게 고향은 그렇게 그리운 곳이라는 생각이 든다. 그곳을 잘 모르는 누군가를 데려가 둘러보게 한다면 감탄하거나 기억에 남을 무엇 하나 제대로 없을 그저 그런 마을일지도 모르지만 어린 시절 기억이 고스란히 남아있을, 그곳을 고향으로 둔 누군가에게는 그곳이 그립기 마련일 테니까.

　하긴 내게도 그 마을은 한 명 한 명 그립고 정다운 친구들 얼굴을 떠 올릴 수 있는 마을이기도 하다.

　그냥 마음이 허허롭고 고단할 땐 고향을 찾아 꼭 누구를 만나지 않더라도 어린 시절 보았던 둔덕 하나만 보고 돌아와도 마음이 편안해지고 위로가 되곤 했는데 살다 보니 고향을 아예 잊고 살아갈 때가 많은 것 같다. 내게는 결코 오지 않을 것 같은 그런 마음 상태를 나도 맞게 된 것이다.

　꼭 무슨 약을 먹은 것처럼 마냥 그립기만 하고 죄다 좋은 추억으로만 떠오르던 것들이 고향을 별로 달가워하지 않던, 그다지 찾고 싶지 않다던 몇몇 사람들의 말이 조금씩 와 닿으며 내 발도 한발 살짝 얹게 되었다고나 할까?

　곤고하고 지치는 순간에 떠올리면 새록새록 기쁨의 샘처럼 에너지를 주곤 하던 고향의 기억들이 그저 덤덤하고 무감동으로 다가와 나도 이제는 나이를 먹나 싶은 생각을 하게 하곤 한다.

　아지랑이 아물거리는 봄이 오면 아, 좋구나! 싶다가도 이제 고생스런 농사일이 시작되겠구나 싶어서 마냥 좋아할 수가 없는 계절이 내겐 봄이라는 계절이었는데 이젠 그런 마음의 고통도 많이 엷어진 채 봄을 맞곤 하는 나 자신을 발견한다.

　생각해 보면 꼭 무슨 좋은 기억이 있어서만이 고향이 그리운 것은 아니었다. 어디 어디 부근 샘터가 풍경들, 누구네 집 앵두나무, 어느 밭 언덕배기에 있던 뽕나무에 달려있던 오디열매…….

　마을에 수도가 들어오기 전까지 아이들이고 어른이고 할 것 없이 아침엔 어깨에 흰 수건을 걸친 채 앞 냇가로 세수를 하러가곤했다. 그러다 반가운 친구라도 보게 되면 얼마나 기쁘기도 했던지. 멀리에서라도 보게 되면 마음이 좋아지는 친구가 있어 좋기도 하였는데…….

내 고향 마을은 지금에나 그때나 크게 달라진 게 없다. 다만 추억하고 정겨운 마음으로 바라볼 수 있는 내 마음이 조금 문제가 되어가고 있는 것을 느낄 뿐이다.

내가 내 마음 때문에 아파 보기란?

고향을 떠올리는 내 마음부터가 예전 같지 않음에 조금은 슬퍼지기도 한다. 가슴이 무에 이런가 싶다. 왜 이렇게 되었나 싶다. 시간이 지나면 재생될 수 있을 마음일까? 다시 애틋해질 수 있을까? 무얼 따라가느라고 무얼 믿느라고 그 귀한 것들을 한 쪽으로 밀쳐두며 살아가는지 모르겠다.

묵묵히 기다리며 살다보면, 잊은 듯 기다리다 보면, 고등학교 국어책에 실린 〈엿 단지〉란 수필 내용에 나오는 할머니 말씀처럼 아주 잊고 기다리다 보면 고향은, 내 마음은 내가 원하던 그곳에 가 있을까?

그랬으면 좋겠다. 아니, 그렇게 되어야만 한다.

그래도, 아직은 그 마음이 아니더라도, 그렇게 되지 못했더라도 이번 연휴에는 고향에 다녀와야겠구나 싶다. 모내기 끝난 논엔 개구리들이 울어주겠지? 정구가 말한 뻐꾸기 울음소리가 산에서 들려올지도 모르겠다.

잊은 듯, 아주 잊은 듯 기다리는 시간들 속에서 봄, 여름, 가을, 겨울이 오고 가겠지? 내 고향 마을에는…….

## 살면서

어제 오늘, 마음 한편이 묵직해서 조금은 불편하였는데 왜 그랬는지 그 이유 중 하나를 내가 아는 분의 문자를 받고서야 알게 되었다.

"영미야! 아름다운 감성으로 세상을 한 차원 더 멋있게 만든 장영희 교수가 지난 9일에 세상을 떠났대. 영원한 천국으로 집을 옮기듯이 행복한 영혼이길 빌어야겠다."

그랬구나! 그제야 내 마음 한구석이 묵직하고 아픈 것은 다름 아닌 이분의 소식을 들은 이유도 있겠구나 싶었다.

대부분의 사람들이 그분을 좋아하는 이유가 그분 특유의 감성적인 글 때문이겠지만 나도 그리고 내게 문자를 보낸 언니도 그분이 쓴 글을 참 좋아했다. 물론 그분의 삶도 특별했지만……

57세의 일기로 세상을 떠난 그녀!

분명 아름답고 행복한 삶이었으리라는 것에는 이의를 달고 싶지 않지만 그래도 나는 마음 한편에 아프게 걸리는 것도 어쩔 수 없다.

"언니야! 그 분의 세상에서의 마지막이 감당키 어려운 육체적 고통만 아니었더라면 아마도 마지막 순간까지 아름다운 마음으로 세상을 떠나셨을 테지? 그래도 나는 마음이 아프네. 그분도 아름답고, 애틋한 사랑을 해 보셨을 테지? 그리고 받아도 보셨을 테지? 여자여서 아기도 낳아보고 싶으셨을 텐데……. 그래서 난 마음 아프기도 하네."

이런 나의 답장에 "그래! 어느 누구의 삶을 들여다보아도 골이 없는 인생이 없더구나. 굳이 누구처럼 살고 싶다는 예표가 있다면 넌 누구니?" 라고 물어왔다.

그래서 잠깐 생각해 보며 내가 다시 답을 보냈다.

"이상하지? 언니야! 굳이 누구와 같은 삶을 살겠냐고 물으면 나는 지금 나와 같은 삶을 살고 싶다고 할 것 같아. 곤고해서 때로는 울고싶기도 했지만 말이야. 참 이상하지. 언니야! 그래도 난 내 삶이 참 좋다고 할 것 같아! 무엇보다 예수님을 만났고, 또 다른 사람이라면 대수롭지 않게 흘려보내거나 잊어버릴 일을 좋아서 혼자서도 두고두고 웃는 이런 마음을 가진 내가, 내 삶이 좋아, 언니야!" 라고 답을 보냈다.

그 말에 언니도 함께 공감하였다.

"그래! 우린 정말 어쩔 수가 없나 보다. 적당히 슬프고, 짜릿할 정도로 적당히 스릴 있고 최적으로 기쁜 만남이 있고(예수님 그리고 좋은 사람들)……. 나도 내 삶이 좋다고 생각했다."

덧붙여 내가 '그리고 또 내 삶이 좋은 이유 중 하나는 내가 성장한다는 것이라고, 앞으로도 그러할 것이라는 것! 육신의 성장이야 멈췄다고 할 수 있지만 내 영혼이 자라나는 것이 좋다'고 말했다.

내가 우리 집 계단 입구에 심어 놓은 나팔꽃이 자라듯 말이다.

그랬더니 언니도 그렇다며 그리고 또 언니도 나팔꽃을 심어놨단다. 아마 보라색 꽃이 필 거란다.

오늘 모처럼 내리는 비로 그 나팔꽃들이 물을 흠뻑 먹고 하루하루 덩굴을 뻗어가며 자라날 것이다.

여자로서의 삶을 살아보지 못한(어디까지나 나의 짐작에 불과할지 모르지만) 장영희 교수 때문에 나는 잠시 마음 아팠지만 짐작컨대 그분 역시 불편한 몸으로, 또 여러 번의 병마로 큰 고통 가운데서 살다 가셨지만, 누구와 같은 삶을 살고 싶으냐고 누군가 묻는다면 아마 자신의 삶이 가장 좋다고 말씀 하시지 않으셨을까? 나와 언니처럼 말이다.

이런 걸 두고 삶이 경이롭다는 것이겠지? 감격하고 감동할 준비는 언제든지 되어 있다. 오늘도 경이로운 우리들의 삶은 이어지고 있다. 아침에 창 밖에서 들려오는 빗소리만 하더라도 얼마나 반갑고 감동적인가?

# 앤이 되어서

지난해 여름에 부산을 다녀올 일이 생겼다. 그래서 오랜만에 기차를 타게 되었는데, 표를 미리 예매해 두었던 터라 역에서 표를 받기 위해 창구로 갔는데, 직원의 말은 휴대전화 문자가 표라니 난 무슨 말인지 알아듣질 못하였다.

아무튼 문자가 표라는 말을 한 번 더 듣고서야 열차에 올랐다.

마침 내가 들어간 열차 칸은 대부분의 자리에 손님들이 앉아 있었는데 영문을 알기까지 난 비어있는 아무 자리나 찾아 앉아 있기로 했다.

그러나 곧 자리의 주인이 나타나는 바람에 일어서야만 했고, 서 있는 사람이 아무도 없는 곳에 나 혼자 서 있으려니 좀 멋쩍기도 해서 마음과 시선을 다른 데로 돌리기 위해 창밖을 보게 되었다. 마침 바깥은 여름비가 한 줄기 내린 뒤라 창밖으로 펼쳐진 바깥 풍경은 온통 푸르며 싱그럽기만 해서 내 마음을 빼앗기에 충분했다.

산 중턱에는 안개가 걷히면서 녹색의 여름 산이 드러나고 있었는데 그 순간 나는 그곳을 안데스 산맥이라고 상상해 보기로 했다. 왜 하필 안데스산맥이라고 했냐면 순전히 그냥이다. 그 순간 떠오르는 게 그 이름이었으니까!

영화 〈사운드 오브 뮤직〉에서 본 아름다운 풍경들을 떠올려 보는가 하면 내 상상력으로 가능한 멋진 모습들을 그려 보았다. 그러다 얼마 지나지 않아 곧 현실로 돌아오게 되었는데 그제야 휴대전화 문자에 찍힌 번호로 인터넷에 접속을 해 좌석 자리를 확인하고서야 내 자리에 앉을 수 있었던 것이다.

그러고 보면 내가 아는 어느 분이 서울과 부산을 오갈 일이 자주 있었는데 부산에서 기차로 출발해 서울로 가는 어느 철길을 지날 무렵 석양이 질 때 즈음이면 그 모습이 너무나 아름다워 그 정경을 보기 위해 일부러 기다렸다가 6시 즈음의 기차표를 예매하곤 했다는 말이 이해가 갔다.

내가 감탄했던 그곳과 그분이 감탄하게 된다는 그곳이 아마 비슷한 곳이 아니었을까 싶다. 그분처럼 "참 아름다워라. 주님의 세계는……" 이런 찬양이 나올법한 곳!

이렇게 상상력은 어느 때부터인가 내 마음속에 자리를 잡게 되었는데 그 계기는 소설 속에서 한 소녀를 만나고 나서부터다. 그 소녀는 다름 아닌 동화로 유명한 '앤'이라는 아이이다. 주근깨투성이에다 말라깽이, 거기다 빨강머리이기까지 한 소녀.

나는 어른이 되고 나서 책을 통해 만나게 된 그 아이가 어찌나 좋았던지 책과 만화영화를 몇 번이나 반복해서 보았는지 모른다. 그러다 보니 그 영향을 받지 않을 수가 없어서 우리 아이는 내게 곧잘 책에서 툭 튀어나온 '앤'이라고 한다.

언젠가 한번은 나를 화나게 한 사람이 있어서 그에게 욕을 하게 되었는데 소설 속의 앤처럼 발을 탕탕 구르며 "상상력이라고는 눈곱만치도 없이 생겨 가지고……."라며 화를 낸 적도 있다. 자신더러 저렇게 못생긴 여자애는 처음이라고 말하는 린드부인에게 화를 내며 대들었던 앤처럼 말이다.

이쯤이면 내가 좀 심한 거는 맞지만 나를 화나게 한 사람이 조금은 귀여운 방법으로 나를 화나게 했기 때문에 그럴 수 있었던 것 같다.

어른이 되어 더군다나 이 나이에 이런다는 것은 유치할 수도 있겠지만 그 아이처럼 나무에게 말을 걸고, 꽃에게 다가가 속삭이고 살면서 가끔씩 내가 앤 같은 행동을 할 때가 내겐 어떤 때보다 행복한 순간이기도 하다.

지난 봄 벚꽃이 필 무렵엔 버스를 타고 두류공원을 지나게 되었는데 가로수인 벚나무 가지에 새하얀 꽃들이 피어있길래, 앤이 그랬던 것처럼 나도 그 길을 '눈의 여왕' 길이라며 상상을 했다.

고아원을 나온 앤을 마중 나온, 자신들에게 필요한 남자아이가 아니었음에도 불구하고 그 조그마한 소녀가 실망할까 봐서 말을 못하고서 마차에 태워 자신의 초록색 지붕 집으로 향하는 매슈 아저씨가 모는 마차라도 얻어 탄 느낌이었다. 운전기사 아저씨를 친절한 매슈 아저씨라고 상상해 보았던 것이다.

바깥 창밖으로는 벚꽃 잎들이 마구 흩날려 버스 안으로 들어오기라도 할 듯 마냥 황홀한 광경이었다.

그 순간, 나는 앤처럼 아저씨에게 마차를 세워 달라는 주문이라도 하고 싶은 심정이었다. '아저씨! 잠깐만요' 하면서, 그리고 자신의 작은 손을 가슴에 얹은 채로 '전요, 여기가 찡해요.' 하던 작은 소녀가 되기라도 한 듯!

이런 나를 두고 우리 아이는 지금은 이 정도니까 다행이지만 이것보다 더 깊어지면 병원에 가야 할지도 모른단다. 아닌 게 아니라 조금 염려스러운 게 있다면 이런 엄마의 영향 탓인지 아이는 점점 엄마와는 반대로 현실적인 아이로 되어가는 것 같아 마음에 조금 걸리기도 한다.

그래도 어떡하겠나? 엄마가 행복하다는데. 제 말마따나 한 일주일 동안 골방에 가두어 놓아도 우울증(?) 같은 병에 걸릴 염려는 안 해도 될 것 같다는데 말이다.

아! 또 봄이 다가온다. 아지랑이가 스멀스멀 피어오르기라도 하면 내 상상력은 날개를 달고 봄 들판을 누리게 될 것이다. 그러면 또 내 가슴은 얼마나 부풀 것인가!

나는 잠시 어린 아이 시절로 돌아가 몸에 꼭 맞은 교직 천으로 만든, 아무런 장식도 주름도 잡히지 않은 밋밋한 원피스를 입고 있으면서도 그 시절 한창 유행하던 부푼 소매와 레이스로 주름 잡힌 글로리아 옷감으로 만든 멋진 원피스를 입고 있다는 상상을 하는 빨강머리 소녀 앤이 되어 볼 것이다. 그래서 소설에서처럼 길버트 같은 소년을 보고는 설레어 볼 것이다. 옆에서 어처구니없어 하는 아이의 말을 듣게 되더라도 말이다.

그렇게 해서 오는 봄에도 내 상상력은 멈추지 않을 것이다.

# 친정 오라버니

지난 봄 어느 날엔 친구에게 전화를 걸었다.

언니 오빠가 없는 나는 '오늘 너를 친정 언니다 여기며 밤에 니 동네로 놀러 가면 안 되겠냐'고 물었다.

가끔은 아주 가끔은 나도 언니나 오빠가 있었으면 하고 생각하는 날이 있다. 나이 들수록 그 바람은 엷어져서 다행이기는 하지만…….

친구는 그렇게 하라면서 흔쾌히 오라고 했다. 그래서 그날 친구와 함께 저녁을 먹었는데, 평소에 겉으론 무덤덤하고 그다지 살갑지는 않지만 마음은 무지 깊고 따뜻한 내 친구는 그날 나의 마음을 짐작할 줄 알아서 집에서 나올 땐 콩자반이며 부추김치 등 밑반찬을 싸들고 나왔다. 마치 친정 언니같이 말이다. 친구가 언니 역할을 잘 해준 덕분에 그날 하루를 잘 넘길 수 있었다.

그랬는데 가을이 다 가고 겨울을 맞을 즈음 또 그런 날을 맞게 되었다. 전날 날씨는 흔히들 말하는 시어머니 같은 날씨였는데 첫

눈 오기 전날 같은, 새치름하고 스산하기도 한 그런 날씨였다. 옛날 여인네들 같으면 하던 일을 멈추고 멍하니 친정 식구들 생각을 했을 법한 날씨! 더군다나 어제 읽었던 책 때문에 더 그런 생각이 들었을지 모른다.

'책' 하니 문득 서점을 하는 친구 생각이 나서 전화를 걸었다.

또 지난봄에 여자 친구에게 했던 말을 이 친구에게도 똑같이 했다. 언니 오빠가 없는 내겐 가끔은 친구들이 언니 오빠 같은데 오늘 너를 친정 오빠다, 라고 여기고 서점에 놀러 가면 안 되겠냐고……

그래놓고도 그런 말을 한 내가 좀 우습다 싶었는데 듣고 있는 재봉이도 어이없어서인지 수화기에다 대고 웃어댔다. 정말 우리 아이 말마따나 나나 할 수 있는 말 아닌가 싶다.

재봉이도 태선이처럼 흔쾌히 오라고, 빨리 오라 했다. 마침 친구(흥옥)한테 전화가 와서 그 얘기를 해 주었더니 저도 같이 가잔다. 모처럼 신랑이 일찍 퇴근한다며 밥 차려 주고 우리 집까지 태우러 오겠단다.

그래서 친정 오라버니 집에 가게 되었는데 그러려면 여인네가 친정가듯 찰떡을 콩가루에 굴려 인절미도 만들고 시루떡도 쪄서 가고 싶은데 마음이 급한 나는 얼른 우리 동네 유명한 빵집에 가서 인절미 대신 카스테라 빵을, 시루떡 대신 곰보빵을 샀다.

그래서 태우러 온 친구와 또 딸부자인 친구 말에 의하면 소개하려면 긴 친구의 둘째 딸과 셋이 오라버니네를 갔다.

들어서는 순간 "오빠야!" 하고 불렀다. 그래봤자 새삼스럽지도 않게 무덤덤한 오빠야는 "어! 왔나?" 할 뿐이었다.

건네주는 커피를 마시며, 저야 반가워하든 말든 우리는 마구 시시덕거리며 수다를 떨어댔다. 그러다 말고 문 닫을 시간이 된 것 같아서 우린 그냥(?) 집으로 왔는데 그 무덤덤한 친정 오라버니네를 다녀왔는데 마치 정말 친정을 다녀온 듯 마음이 흐뭇하고 뿌듯한 것이다.

아마 물어 보지는 않았지만 같이 간 친구 또한 같은 마음이지 싶다. 나를 집까지 태워주고 돌아갈 때의 표정만 봐도 알 수 있는 일이다. 어쩌면 오늘까지도……. 지금 나와 같이 말이다. 저도 인절미를 해서 이고 친정 다녀 온 기분일 것이다.

# 통포슬로 가던 길

요 며칠 제법 추워서 겨울 날씨답긴 하지만 이번 겨울도 예년과 다르지 않게 포근한 날들이 많을 것 같다. 그저께 간 포항 내연산에 진달래꽃이 핀 것만 봐도 그렇다. 봄인 줄 알고 꽃망울을 내밀었다가 지금쯤 갑자기 닥친 추위에 화들짝 놀란 나무는 꽃들에게 얼마나 미안해할까?

그날, 그 따스했던 겨울날!

햇살이 종일 비추었음에도 불구하고 염려를 덜하며 얼굴을 내놓아도 되었던 것은 겨울 햇살이었기 때문에 가능했으리라. 그리고 그날, 폭포를 보고 돌아오던 그 길에 같이 산행을 간 친구들 몰래 내가 얼마나 행복했는지 뒤따라오던 친구들은 눈치채지 못했을 것이다.

내 바로 뒤에 오시던 어느 아저씨는 그런 내가 눈에 들어왔던지 말을 걸어왔다. 함께 온 일행들이 있지만 노래가 부르고 싶어서 혼자 걷고 있다는 나를 참 독특하다며 의아하게 여기면도 방해를 해서는 안 되겠다 싶었던지 곧장 인사를 하고는 앞서 가 주셨다.

그날, 내가 함께 간 친구들을 뒤로하고 조용히 혼자 거닐고 싶었던 것은 누군가를 떠올리며 그 인물에 흠뻑 빠져보고 싶어서였다. 그가 실제 인물이 아니어도 좋다. 아니, 그는 실제 인물이 아니다.

그날 내가 떠올린 인물은 소설 『토지』에 나오는 봉순이라는 여자이다. '기화'라는 이름을 가지고 기생 신분으로 살기도 했던 여인! 그녀가 남색 치마, 옥색 두루마기에 미색 목도리를 두른 채 용정에서 통포슬로 가던 날도 우리 친구들과 산행을 하던 그날과 같이 바람 한 점 없이 포근한 날이 아니었을까 싶어서였다.

간도에 사는 어린 소년의 집에 어느 날 조선에서 매우 아름다운 한 여인이 손님으로 온다. 어머니는 그 여인을 누님이라 부르라고 했지만 어쩐지 그리 부르기가 쑥스러운 소년에게 그 호칭은 입에서만 맴돌고 만다.

그런 소년에게 어머니의 손을 잡고 예쁜 누이와 함께 통포슬로 가던 그날엔 입에서만 맴돌던 누님이란 호칭이 자랑스레 나오지 않을 수 없었다. 커다란 보퉁이를 머리에 인 어머니의 손을 잡고 팔랑개비처럼 이리저리 맴을 돌다가도 남색 치마 옥색 두루마기에 미색 목도리를 매고 가죽 가방을 든 채 자신들과 함께 길을 걷는 봉순이 누님이 자랑스러워 견딜 수가 없었던 것이다.

그도 그럴 것이 겨울이 끝나가고 봄이 다가오자 논이며 밭이며 농사지을 준비를 하기 위해 거름을 내던 농부들도 그들 일행을 경의에 찬 눈으로 바라보지 않았던가? 한편으론 그들의 시야에서 점점 사라지는 것을 못내 아쉬워하면서 말이다.

그런 그들 앞에서 자랑하고 싶은 소년은 보란 듯이 "에헴! 우리 누님이시란다. 에헴!" 하며 뒷짐을 지며 걸어보기도 한다. 훗날 어른이 된 소년은 그날, 그 아름다운 누님이 지날 때온 들녘이 다 환해 보이던, 자랑스럽던 그때를 몇 번이나 떠올려 보기도 한다.

　어쩌면 그토록 고왔던 그녀를 아픔 없이 떠올리며 마음 따듯해 보기로는 그 소년이 유일한 인물은 아니었는지.

　여자가 아름다워서 누군가를 흐뭇하게 기쁘게 해 주던, 더군다나 어린 소년을 우쭐하게 해 주는 이 장면을 나는 이 소설에서 가장 좋았던 대목으로 꼽는다.

　그리고 또한 노래를 잘 불렀던 그녀를 떠올리며 노래를 부르면서 그 산길을 내려왔다.

　태어나 난생처음 보게 되는 오광대놀이를 보러 가던 날 자신의 첫사랑 길상이와 섬진강을 건너기 위해 나룻배를 탔을 때 들뜬 가운데, 시퍼런 물을 무서워하면서도 날밤을 오도독 깨물어 먹던 아이 시절……

　자신들을 반가이 맞아주면서 단방에 안아 뜨신 아랫목에 앉혀 주는 읍내에 사는 월선 아지매 때문에 자신의 상전인 서희 애기씨라도 된듯 으스대 보고 싶었던 어린 날의 봉순!

　어른이 되어서는 마치 벼랑 끝에 핀 한 떨기 꽃 같았고 봄밤에 소리 없이 내리는 비같이 은은했던, 여인! 뭇 사내들의 마음을 숱하게 얻었으면서도 늘 외로웠던 여인!

　그녀를 아는, 그녀와 가까이 지낸 많은 사람들이 그러했듯 나도 그런 그녀의 등을 토닥토닥 다독이며 포근히 안아주고 싶어서 그녀

생각이 나기도 했을 것이다. 그 따듯한 햇살을 받고는 말이다.

그래서 나는 그날 포항에서의 산행이, 내연산 내려오는 길이, 마치 통포슬로 가는 길과도 같았다.

보퉁이를 인 어머니 손을 잡고 이리저리 맴을 돌다가 '제발 좀 까불지 말라'는 어머니의 핀잔을 들으면서도 함께 걷는 봉순이 누님이 자랑스러워 못 견디는 소년이 된 기분이었다.

# 섬진강, 봄

바람은 불지만 햇살이 따스해서 기분 좋은 날!

오늘 낮에 들른 미용실 원장은 햇살이 좋아 일광욕하기 좋다며 창가로 다가가 이제 5개월로 접어들었다는 임신한 배를 내밀며 배 속 아기에게 햇살 구경을 시켜주듯 햇볕을 쬐었다.

정말 햇살만으로도 기분 좋은 날!

문득 작년 이 즈음 친구들과 섬진강을 지날 때 생각이 나기도 했다.

매화가 피었다는 소식을 듣고, 머잖아 벚꽃이 피겠구나 하는 생각을 하다가… 지난 설 연휴 끝에는 평소에 가 보고 싶었던 소설 『토지』의 무대였던 하동 평사리 마을을 다녀오게 되었다. 그러니 당연히 섬진강도 들르게 되었는데, 마침 날씨도 얼마나 좋았던지 강 모래밭 흰 모래와 잔잔하게 일렁이는 물결 위로 반짝이는 은빛 햇살에 마음을 빼앗긴 채 가만가만히 걸어 보았다.

그러다 작년 이맘때 친구들과 보리암 산행을 다녀오며 섬진강을 잠깐 들렀던 그때 생각을 했다. 가로수 벚나무 길을 지나오면서도······.

그날은 날씨가 새치름하니 흔히 며느리들이 말하는 시어머니 같은 날씨이기도 했다. 그래서 나는 소설 토지에 나오는 강청댁이란 여인의 속바지와 버선 사이로 드러난 푸르죽죽한 다리 색깔과도 같은 날씨구나 싶었다. 무엇을 보아도 소설 『토지』를 떠올리고 하다 보니까!

가난한 살림에 입 하나라도 덜 요량으로 어린 딸을 시집보내게 되었는데 뜻밖에도 신랑이 잘생기고 풍신도 좋아 한눈에 반해 따라 나서게 된 어린 신부에게 기다리고 있는 것은 눈물과도 같은 세월이었다.

그 앞날의 세월을 감히 짐작 못한 새색시 시절 어느 이른 봄날, 밭갈이 하러 나간 신랑에게 참을 내 갔다가 밭머리에 앉아 신랑이 막걸리 한 사발 들이키는 사이 들판을 이리저리 둘러보는 어린 신부의 눈에 할미꽃이 들어온다.

어린 신부는 그 할미꽃을 한 움큼 꺾어다 신랑에게 내밀며,

"피었더마요!"

하는데 순간, 마을에서 제일 잘생기고 풍신 좋고 거기에다 사람까지 좋아 용하다는 소리를 듣는 새신랑도 쑥스러워 얼굴이 벌게졌다.

그냥, '섬진강' 하면 마음속에 떠오르는 한 장면이다.

작년 이맘때 우리 친구들과 섬진강을 지날 때 어느 친구가 매형 되는 분한테서 고로쇠 물을 두 통을 얻어왔다. 오면서 친구들이 몸에 좋다며 일곱 잔이고 여덟 잔이고 마구 마셔대다가 쉴 새 없이 휴게소 화장실에 들르곤 하였다.

그리고 그날 섬진강 부근 가로수 벚나무 길에 잠시 차를 세우게 되었을 때 한 친구가 벚꽃가지를 살짝 꺾어주었다. 그 모습을 보며 그 옆에 앉은 친구도 벚꽃 가지를 꺾으러 가길래 쟤는 누구를 줄까 싶었는데, 아니나 다를까 집에 있는 색시에게 갖다 줄 요량으로 자기 자리로 돌아가 앉았다.

그러더니 조금 있다가 내가 앉은 뒷자리로 오더니 물을 담은 종이컵을 내밀며 거기에 꽂아 가란다. 그 꽃가지를 집으로 가져와 거실 테이블에 올려 두었더니 며칠 지나서 우리 집 거실에 섬진강변의 벚꽃이 피었다.

다녀와서 어느 손님께 산행 다녀온 얘기를 하다가 그 얘기도 해드렸다.

얼마 안 있다 벚꽃이 피고 지고 그러다 몇 년 전 손님이 영천에 사둔 밭에도 봄꽃들이 화사하게 피었단다. 배나무, 감나무, 복숭아나무, 자두나무 꽃들이…….

너무 예뻐서 감탄하다가 문득 나한테서 들은 그 얘기가 생각나셨단다. 정말 꽃이 예뻐서 색시한테 꺾어 주고 싶겠더라고 하면서…….

오전에 온 손님과 작년에 그 얘기를 나누며 앞서 봄을 느껴보았다.

정말 봄 같고, 꽃 같은 얘기들이다.

봄은 또 그렇게 우리 곁에 살그머니 오고 있다.

# 이런, 이런!

가끔씩 내가 일하는 곳(피부 관리실)에 남자 손님들이 전화를 걸어올 때가 있다.

그때마다 나는 정중하게 이렇게 대답한다.

"죄송하지만 저희는 남자 손님은 받지 않거든요."

그러면 "아, 네" 하고 전화를 끊은 이가 있는가 하면, 못하게 되는 구체적인 이유에 대해 설명해야 하는 경우도 있다.

그런가 하면 단 한 사람, 예외의 경우도 있다

손님 중에 경대 교직원인 예쁜 자매가 한 명 있는데 그 자매는 내가 하는 일을 예사로 보지 않고 손님이 좀 없다 싶으면 경대 강사들을 한 사람씩 우리 집으로 보내주곤 한다.

그날도 그 자매가 예약을 해 놓고선 올 시간이 되어 한 사람을 더 데려 가도 되느냐는 전화를 걸어 왔다. 나는 당연히 여자 친구인줄 알고 오라고 했더니 전혀 뜻밖에도 자매의 친오빠를 데려 온 것이다. 당황스럽게도!

어찌 되었든 온 사람을 돌려보내기도 그렇고, 일하다 보니 여느 집 오누이들과는 다른 남매지간이기보다는 마치 친구처럼 오순도 순 누워서 얘기 나누는 두 사람이 모습이 무척 보기에 좋았다. 또 나중에 알고 보니 청년의 직업(가수, 트롯트)도 예사롭지 않고 해서 관리가 꼭 필요한 사람이겠다 싶어, 처음 받아준 게 화근이 되어 어쩔 수 없이 한 사람을 받게 되었다.

그 손님이 여자 손님들처럼 일주일에 한 번씩 오는 건 아니고 가 끔씩 여자 손님이 없는 시간을 피해 예약을 하곤 한다. 되도록 이 면 나는 여동생 오는 날 함께 오라고 당부를 한다.

그러던 어느 날이었다. 그날따라 청년은 예약한 시간보다 한참이 나 늦게 온 것이었다. 늦게라도 온 손님을 돌려보낼 수는 없는 노릇 이고…….

그날 마침 그 이후에 시간에는 고등학교에 근무하시는 노처녀 선 생님이 보충수업을 마치고 오시기로 한 터라 더 난감하기에 이르렀 다. 옆에 남자 손님이 있다는 걸 알면 기분이 상할 테고, 은근히 까 다로운 손님이어서 더 그랬다.

두 사람이 같은 시간대에 각자 침대에 나란히 누울 수밖에 없는 상황을 피할 수 없게 된 것이다. 그날도 착하고 상냥한 여동생은 여느 날처럼 오빠가 누운 침대 머리맡에 얌전히 앉아 있었다.

그 여선생님이 오시기 전까지 우리 셋은 이런저런 이야기들을 재 미난 얘기들을 나누고 있었다. 그러다가는 "이곳에 오는 남자 손님 도 많나요?" 하고 물어오는 것이었다. 나는 이때다 하고 놓치지 않 을세라, "아니요." 하면서 "우리는 남자 손님을 안 받거든요."라고 그

부분을 강조하며 대답을 했다. 알아들으라고, 곤란한 내 사정을 눈치채라고…….

그랬더니 누워 있는 청년이 그러냐는 듯 대수롭지 않는 듯 오히려 손으로 브이 자를 그리며 즐거워하는 것이었다. 자기는 그중 행운아라는 것이다. 나 참!!

뒤에 손님이 오실 때도 되고 해서 이제 부터는 제가 말을 걸지 않을게요, 라고 했다. '이제부턴 말하면 곤란해요'보다는 듣기 더 좋으라고 그렇게 말했는데 눈치 빠르게 그 말은 금방 알아들었다. 그러고는 그 여선생님이 남자 손님인 걸 못 알아차리게 감출 수 있는 것은 뭐든 감춰 보기로 했다.

우선 180cm 되는 신장은 이불을 덮은 채이니 다행이었다. 얼굴은 팩으로 다 덮었으니 그것도 되었고, 드러난 목덜미도 수건으로 가렸다. 터번(수건)으로 싼 머리도 여자에 비하면 참 크기는 했다. 그러나 꼼꼼하게 보지 않는다면 넘어갈 수도 있겠다 싶었다.

그리고 보니 귀도 여자들에 비하면 굉장히 컸다. 그런데 귀는 감쌀 방법이 없었다. 청년에게 미안하기도 했고.

옆에 손님이 온 것을 알아차리고 청년은 아까와는 달리 없는 사람처럼 조용하기만 했다. 이제 되었구나 싶었다. 이러면 무사히 넘어 가겠다 싶어 한 센스 하네, 하며 마음 놓고는 옆의 여자 손님에게도 친절하게 클렌징을 하고, 또 다음 순서로 넘어갈 차례였다.

그런데 아뿔싸! 정말 전혀 생각지 못한 일이 일어났다. "드르렁~ 드르렁~" 하며 커다랗게 남자의 코고는 소리가 들려오는 것 아닌가! 이건 미처 생각을 못해서 주의를 줄 수도 없었던 문제였다. 손님은 마치 자기 안방이라도 되듯, 한밤중이라도 되듯 크게 코를 골며 잠이 든 것이다.

이런, 이런! 모두 헛수고가 된 것이다. 온몸을 다 감싸면 뭐하냔 말이다. 여동생과 나는 둘이서 눈웃음으로 그 황당함에 대꾸했다.

그래도 그날따라 그 처녀 선생님은 온순하게 모르는 척하는 건지 별다른 반응 없이 평소처럼 잘 있다가 그렇게 돌아가 나로서는 참 다행이었다. 그리고 그 청년도 나를 곤란하게 한 것이 미안해서인지 나를 기분 좋게 만드는 인사를 한다. 서울에서 가본 압구정동이며, 서울의 어느 좋은 피부관리실보다도 우리 집이 더 좋다고, 내가 일을 더 잘 한다고. 그래서 나도 속으로 답례했다. 가수니까 봐준다, 그리고 잘생겼으니까 용서해준다, 라고……

# 비 오던 날

가끔 일상에서 좀 희한한 사람이다 싶은 이들이 있다.

평소, 내게 특별히 중요한 사람이라 못 여겨봐서인지 그다지 생각해 보거나 기대해 본 일 없이 그냥 지나치기 쉬운 사람들일 수 있는데 뜻하지 않게 나를 기쁘게 해주는 사람들이 있다. 나는 그런 사람들을 좀 희한한 사람들이라 이름 붙여본다.

얼마 전엔 버스를 타고 시내를 지나다 생각에 잠겼는데 문득 내가 친구라는 이름을 붙여도 되는 이는 누구누구일까 생각해 보게 되었다. 고향 친구가 대부분인 내게 사회에서 만난 이들은 몇 안 된다. 한 세 사람 정도 친구라는 이름을 붙여도 되지 않겠나 싶었다.

그도 그들 나름대로 적극적으로 내게 연락을 해 오고, 잊지 않고 간간이 찾아와 주어서 세월 속에서 친구의 존재가 돼 주지 않았나 싶다. 게으르고 태평스런 나는 가만히 있으면서 이들과 친구가 되었구나 싶었다.

그러다 그중 한 사람이 생각났는데 생각난 김에 이번에는 내가 먼저 연락을 해야겠구나, 싶었는데 집으로 돌아와서는 또 잊어버리고 말았다. 그런데 그 다음 날엔가, 그 다음다음 날에는 봄비가 살살 내리는 날이었는데 몇 달 동안 연락 없던 이 친구에게서 문자가 왔다.

"우리 점심 먹을까요?"

"좋지요! 나도 좋아요"라고 답장을 보내놓고는 얼른 오전 일을 마무리했다.

그러고 보니 비오는 날이지? 하는 생각이 새삼스레 들었다.

비 오는 날이면 이런 날은 누군가가 와서 함께 수제비를 먹거나 국수를 먹었으면 좋겠다는 생각을 그날 오전에도 잠깐 했다는 생각을 떠올렸다. 그런 날 그녀가 연락을 해 온 것이다.

그러고 보면 지난가을 어느 비 오는 날에도 그녀가 찾아와 주어서 어탕국수를 먹고, 또 다른 비오는 날에도 그녀가 와서 함께 점심을 먹으러 나갔었구나, 하는 생각이 그제야 들었다.

언젠가 내가 아는 두어 명의 사람한테 나는 비오는 날이 좋기도 하면서 한편 외롭기도 하다는 말을 한 적이 있다. 그 말을 들은 한 명의 여인은 그 뒤 비 오는 날이면 두어 번 정도 전화를 해 준 것 같은데, 뭐 그런 나를 기억해 달라고 한 말은 아니었으니까!

그 뒤 비 오는 날이면 연락 없던 이 친구에게서 연락이 오곤 한다. 그러고는 가까이서 먹자는 내 제의에는 아랑곳 않고 바람을 쐬어 주고 싶다며 팔공산이나 좀 멀리 나가자며 차를 몰아준다. 어느 날은 내가 오후 손님 스케줄이 빠듯해서 바로 앞집에서 청국장을 먹고는 우리 집으로 곧장 올라와 차를 마신 날이 있었다. 그러면서 나는 그날 그녀를 찬찬히 보게 되었다.

좀 지루하다 싶은, 거기에다 뜸을 들여가며 어눌하게 말하는 그녀의 말솜씨!

그날도 그녀는 천천히 침을 삼켜가며 그동안 있었던 일들을 얘기했다. 나는 그녀가 하는 말들은 들으며 그 동안 내 마음속에, 내 의식 속에 들어와 있다고 생각 못한 그녀와의 만남이 자그마치 15년이나 된다는 사실을 알고는 잠시 놀랐다.

그랬다. 그동안 제대로 연락을 주고받지도 않으면서 뚝뚝 끊어질 것 같은 만남을 15년 동안이나 이어오고 있었던 것이다. 어찌 이렇게 내 마음에 들어오기까지 그만한 시간이 걸렸을까? 어쩌면 아마 그것은 그렇게 자신을 드러낼 줄도 모르고 데면데면한 그녀의 성품 때문인지도 모르겠다.

그날, 그녀를 찬찬히 들여다보면서 늘 한결같고, 따스하면서도 강하다 싶은 사람한테는 욕설도 서슴지 않으면서 약하고 작은 사람한테는 다정다감한 그녀를 알아보기 시작했다. 그리고 이렇게 나를 보고 돌아가면 마음이 평온해진다는, 그녀가 한 말도 떠올랐다.

어쩌면 그날도 비가 오면 좋으면서도 외롭다는 내 말이 떠올라서 온 것인지도 모르겠다. 아무튼 그렇게 많은 시간이 흐른 뒤에 사람이 내 마음에 들어왔다는 것에 대해 새삼스러운 생각이 들던 날이었다.

살아가다 보면 전혀 기대하지 않은 생각지도 않은 사람이 나를 기쁘게 하는 일이 더러 자주 있다. 세월을 거슬러 가보면 그런 일이 좀 더 많았던 시절이 있었는데 그때 왜 나는 그런 사람들로 인해서 그렇게 감동하고 감사해 했던지, 아마 지금 그들에게 그런 말을 한다면 '아니 왜?' 하며 의아해 할 것 같다. 그들은 난 별로 해준 것도 없는데, 라며 무안쩍어 하지 싶다.

지금 와서 내가 왜 그렇게 감사하며 감동할 수 있었던지 생각해보면, 그때 나는 혼자라고만 생각했기 때문이 아닐까 싶다. 완벽하게 혼자일 것이라고 예상했던 시절! 내 머리위로 한참 동안 먹구름이 머물고 갈 것이리라 여겼을 그 시절! 소낙비가 내리면 맞아야 한다고 각오하고 있던 그 시절에 만나면 마음 따듯하도록 여기게 해주는 사람들 한 사람 한 사람이 빛처럼 여겨졌던 건 아니었을까?

그때 사람들이 구름 사이로 조금씩 한 줄기씩 스며드는 빛 같은 존재로 여겨져 내가 혼자인 것만은 아니구나! 내게 이러이러한 사람들이 있었구나! 하며 감격해 하던 시절, 슬픔과 감사가 함께 했던 시절, 혼자이리라고 여겼기 때문에 더 감격할 수 있었던 그 시절.

평소 내게 중요한 사람들이라고 여기지 못했기 때문에 오히려 더 내게 행복으로 다가왔던 사람들!

살아가면서 누군가에게 중요한 사람이 되기보다 그녀처럼 누군가에게 희한한 사람이 돼 줄 수 있는 것도 참 괜찮은 일일 것 같다. 내가 그녀를 15년 만에 알아 본 것처럼 많은 세월이 지나 알아본다고 하더라도, 누군가가 행복하다 싶은 순간을 맞이할 수만 있다면 말이다. 예상치 않았기 때문에 더 감동하고 따듯해 할 테니 말이다.

# 여운

가끔씩 잊어버리고 연락을 못하고 지내던 이들로부터 조만간에 만나 밥 한 끼 같이 하자는 전화를 받을 때가 있다. 그러면 나는 내가 먼저 연락을 못한 것에 대한 미안한 마음도 있고 해서 주저 없이 그러자고 하는 편인데 언제부터인가 그런 것들에 대해 가늠해 보는 마음들이 생기기 시작했다. 좋게 말해서 가늠해 보는 거라지만 나쁘게 말하면 따져보기 시작했다는 말이 더 맞을지도 모르겠다.

꼭 만나야 될 일이 아니라면, 더군다나 만나서 즐겁거나 집으로 돌아올 때 흐뭇한 마음이 드는 만남이 아니라면 구태여, 하는 마음이 들기 시작한 것이다. 무엇보다 이젠 피곤하고, 누구 얘기 들어주는 것도 어휴, 싫을 때가 있어 되도록 조용히 평화로이 지내고 싶다는 딴엔 그런 이유가 큰 것 같다.

그동안 물불 가리지 않고 내가 들어주는 게 조금이라도 도움이 된다면 싶어서 들어주고는 했던 일들이, 가끔씩은 나를 고단하게 또 지치게도 한 것이 사실일 것이다.

엊그저께는 오랜만에 가깝게 지내던 이한테서 전화가 왔다.

곧 한번 만나 점심을 먹자는 말을 듣고는 그래, 그러자 해놓고는 속으로 그다지 내켜하지 않는 나 자신을 느끼며 이렇게 세월이 흐르면서 나도 변해가고 있구나, 하는 생각이 들었다.

그러면서 그런 것들을 아쉬워하기보다는 물 흐르듯 흘러가는 것들이라고, 흘러가는 내 마음이리라고 담담히 봐 주어야겠다는 생각도 들었다.

그런 생각들을 하다가 문득 떠오르는 친구가 한 명 있었다.

몇 년 전 다른 도시로 이사를 가게 된 친구인데 그때 친구가 이사 갈 무렵 나는 아, 얘가 이사를 가는구나, 하는 몇몇 친구들 사이에서 유난히 많이 아쉬워하며 이 친구와 떨어져 살아야 한다는 사실에 마음 아파했었다.

이 친구도 나를 떠나 먼 곳으로 가는구나 싶어 마음속에 서늘한 바람이 한번 휘잉 지나가는 느낌이었는데 마찬가지로 이젠 그 마음에도 세월이 흘렀구나 싶었다. 그저 담담하게 여겨지니 말이다.

그랬는데 마침 그날 밤 늦게, 내가 낮에 자기 생각을 한 것을 알기라도 한 듯 오랜만에 그 친구로부터 전화가 들어와 있었다.

아마도 다음 날 있을 초등 동기 모임에 올 거라며 전화했나 보다, 하고는 늦은 시간이라 전화하는 것을 다음 날로 미루게 되었다. 다음 날에도 일하다 보니 친구의 전화를 못 받게 되었는데 점심때가 지나서야 친구의 전화를 받게 되었다. 친구는 전화하는 곳이 대전이라며, 교육이 있어 1박 2일로 갔다가 곧 마치게 되는데, 마치고 나서는 곧바로 KTX를 타고 대구로 올 거라 했다.

역에 도착해서 택시를 타고 곧장 우리 집으로 갈 테니 그동안 좀 쉬고 있으라고 했다. 그리고 자기는 점심도 먹고 할 것 다했으니 그냥 쉬고만 있으면 된단다.

마침 나는 그날 오전에 일을 했던 터라 조금 고단하기도 해서 친구가 말한 것처럼 누워서 잠시 쉬고 있는데 얼마 안 있다 보니 금세 친구가 왔다. 참 편리한 세상을 살고 있는 게 맞긴 맞구나 싶었다.

초인종 소리를 듣고 현관문을 열었더니 문 앞에 당당히 친구가 서 있는데 그 모습을 보는 순간, 나는 잠시 마음속으로 움찔 놀랐다. 너무 씩씩해 보여서, 그리고 너무 자신감 넘쳐 보여서인지, 아니면 일박 이일의 일정답게 커다란 가방을 어깨에 메었는데도 하나도 안 무거워 보여서 그랬던지.

얼마 전에는 우리 집에 오시는 손님에게 칠팔 년 전 처음 우리 집 오셨을 때 그때 나의 모습과 지금 모습을 비교해서 어떠냐고 물어보았다. 손님은 그때에 비하면 지금의 내가 훨씬 성숙해졌다고 말했다. 몇 년 사이 나이 드는 만큼 노화가 왔구나, 라는 말은 하지 않겠다. 아직 어울리는 표현은 아닐 테니까!

나를 배려해서 말해 준 우리 손님 말마따나 성숙해졌구나 싶은 생각이 불쑥 들었다. 살다 보니 마음이 많이 성숙해지게 되어 몸에까지 배어 나왔다고 해야 하나?

아, 친구도 이런 나처럼 그동안 성숙해졌구나! 하는 생각이 드는 것이었다. 반가운 마음에, 함께 있을 수 있는 시간이 몇 시간이나 된다는 사실이 좋으면서도, 한편으로는 친구가 많이 피곤하겠다 싶어서 좀 쉬다 자라는 말을 여러 번 하게 되었다.

도란도란 얘기를 나누다가 이제 자라는 얘기를 또 했더니 친구는 우렁찬 목소리로 "니 같으면 잠이 오겠나?"라고 소리를 질러댔다.

니 같으면 이렇게 즐거운 시간에, 재밌게 이야기하는 순간에 잠이 오겠냐는 것이다. 하긴 잠을 자기엔 아까운 시간, 그 시간을 놓칠 우리들이 아니었다.

얘기들을 나누면서 문득 드는 생각들! 친구는 굳이 나이 들어 쌓이게 된 경륜이라지만 나는 피부의 조직인 콜라겐이 나이 들어 질기게 되어져 노화가 되는 것처럼 우리 마음도 생각도 그렇게 되어가는 건 아닐까, 라는 생각을 해보게 되었다.

생채기를, 가슴앓이를 덜 하게 되었다고 하지만 또 노하우라고 이름 붙이는 그런 것들이 꼭 좋다고만 할 수 있는 것일지? 어쩌면 나이 들어감을 애써 위안삼아 보려고 하는 것들은 아닐지.

그러면서 나는 한 십여 년 전에 친구가 우리 집에 왔던 어느 해 가을을 떠올려 보게 되었다. 그 무렵 우리 집을 찾았을 때, 보들보들 연하여 어린 새순 같았던 마음을 가졌던 친구, 목소리만 커서 씩씩해 보였지 착해서 남 아픈 거 못 보던 누구보다 의리 있고 따스한 마음을 가졌던 친구!!

언제부터인가 나는 누군가를 떠올릴 때 내가 본 모습 중에 가장 좋은 기억으로 남아 있는 모습을 떠올려 보고는 한다. 그러면서 또렷이 기억날 정도로 내 기억 속에 새겨 놓으려한다. 그러다 그 사람이 생각날 때나 그의 이름을 듣기라도 하면 그 기억들을 떠오르도록 해서, 내가 아는 한 사람 한 사람들 때문에 행복한 순간을 맞아보는 것이다.

친구는 그해 가을에 우리 집을 다녀갔을 때 그 모습이 그 마음이 아마 내게 제일 예쁘게 여겨지던 때가 아니었나 싶다. 그 시절, 그때 모습을 떠올리며 친구도 나도 우리는 조금씩 세월 속에서 변하고 있구나, 하는 생각들을 해 보다가 둘 다 원래 가지고 있는 마음의 틀이야 어디 가겠냐는 결론을 내게 되었다. 잠시 우리는 변해 보는 것일 뿐이리라.

그렇게 많은 얘기들을 나누는 사이 몇 시간이 후딱 지나갔다. 각자 침대에 나란히 누워서 이야기꽃을 피운 여자들만의 대화! 수다라고만 표현하기엔 아까운 내용들이었으니까!

그날 저녁, 모임을 잘 마치고 친구는 자기 사는 도시로 떠나고 나는 집으로 돌아왔다. 입구에 들어서는데, 우리 집에는 예사롭지 않는 기운 같은 것이 느껴진다. 아마도 그 친구가 다녀가고 난 뒤의 여운이었나 보다.

그러다 고등학교 시절 국어시간이 떠올랐는데 선생님이 여운에 대해 설명해 주신 적이 있다. 여운이란 새가 나뭇가지에 앉았다가 날아가고 난 뒤에 남는 나뭇가지의 떨림, 혹은 흔들림이라 하셨다.

오랜만에, 한참 오랜만에 누군가가 다녀가고 난 뒤에 맴도는 흔들림 같은 여운을 느껴보게 된 것 같다. 그것은 아쉬움이라기보다는 흐뭇함, 만족스러움, 그리고 담담함. 마치 새가 앉으면 좋을 곳에 앉았다 가기라도 한 듯, 편안한 여운이었다. 우리는 지금 잘 살아가고 있구나! 그렇게 믿어보며, 위안 삼아보며 살짝 변해 보이는 것처럼 여겨지는 시절이 있다고 해봤자 그게 어디 갈까 싶은 미더움 같은 거!

아마 다른 사람들이라면 나의 이런 감동을 짐작 못 할 테지만, 이 친구는 적어도 우리 두 사람이 가진 그 순간을 떠올리며 간간이

쉬어가지 않을까 싶다.

　다음날, 벌써 네가 그립다고 문자를 보내온 것처럼 우리는 간혹
나뭇가지에 앉아서 쉬다가 간 새들 저럼 간간이 한가롭고 평화로이
쉴 수 있을 것 같다. 그리고 추억 할 수 있을 것 같다.

# 도시락을 싸며

물 흐르듯 세월이 흘러가는구나 싶다가 이렇게 세월이 흐른 뒤에 남게 되는 것은 무엇일까라는 생각을 요즘은 가끔 해보게 된다. 그 것은 물론 추억이 남는다. 그리고 기억들 또한, 좋은 기억을 안겨다 준 사람은 커다란 선물을 준거와도 같다는 생각을 해보게 된다.

얼마 전부터는 나도 나지만, 아이에게 기억에 남을 만한 것 하나 를 남겨 줘야겠다 싶어 생각한 게 토요일에 도시락을 싸주기로 한 일이다. 물론 학교에서 토요일에도 급식은 나온다. 급식이야 나오지 만 쉬는 시간에 여러 명의 아이들이 모여 도시락을 먹으면 좋겠다 싶어 그 모습을 상상해 보면서 한 생각이었다. 곧 대학생이 되면 이 제 친구들이 모여서 엄마가 싸주는 도시락을 먹는 일은 잘 없겠구 나 싶어서였다.

처음엔 아이가 엄마 힘들다며 하지 말라며 밥 나오는데 뭐 하려 고 하냐며 정말 엄마를 생각해서인지 들고 다니기 귀찮아서인지 그 다지 좋은 반응을 보이지 않던 아이가 요즈음은 친구들의 반응 때문에 많이도 기분 좋아한다.

주로 꼬마김밥, 초밥, 샌드위치, 주먹밥……, 이런 메뉴들로 돌아가면서 하루에 두 가지씩을 만들어 보낸다.

첫날 아이들의 반응은 엄마 바꾸자며 정말 맛있다고 했다고 한다. 하긴 그 나이에 안 맛있는 게 있을까마는 어떻게 이런 생각을 했을까, 라고 했다고 한다. 그러면서 시간이 흐를수록 반응과 표현들이 더 기특해진다.

치과에 가느라 등교가 좀 늦은 지난주에는 일곱 명의 아이들이 우리 아이 자리에 모여서 아이가 올 때까지 목이 빠지게 기다렸다고 한다. 아이가 들어가는 순간 얼굴은 보지도 않고 손에 든 도시락 가방에만 눈들이 몰려지더란다.

지난주 토요일에도 일찍 일어나 급하게 도시락을 싸는데 그날은 유부초밥에다 김치전을 만들었다. 유부야 그렇다 치고 김장김치를 살짝 씻어 쫑쫑 썰고 깻잎에다 부추를 듬성듬성 썰어 넣어서 구웠다. 잠깐 맛을 보고는 급하게 굽느라 맛이 좀 그러네, 하며 싸 보냈는데 아이들의 반응은 폭발적이었다고 한다.

이제 엄마 바꾸자는 말은 기본이고 지금 하는 일 때려치우고 음식점 하라고 한단다. 토요일에 아이들이 모여 도시락을 먹는 게 유일한 낙이라며 그리고 엄마에게 사랑한다고 전해 달란다.

어른이 되어서도 이런 칭찬에, 반응에 이렇게 기분 좋구나 하며 아이들에게 잠깐 기쁨을 주고 싶었던 마음보다 열 배는 더 크게 돌아와 나를 기쁘게 해주는구나 싶었다.

그러다 이번 토요일은 뭐 할까 생각하다가 요즘 나오는 햇감자 생각이 나서 양파 쑥갓 등을 넣고 야채 튀김을 해 줘야겠다고 생각을 하고 있는데 마침 아이에게서 문자가 왔다.

오늘 석식에는 김치전이 나왔단다. 그런데 아이들이 엄마가 한 김치전이 진리라며 엄마가 만들어 준 게 그립다고 전하라 한단다.

사실 아이들의 이런 반응에 한편 정말인가 싶은 게 의아하기도 했다.

그 김치전은 평소보다 맛이 덜했고 집에서 먹기 위해 남긴 한 장도 다 못 먹어서 나머지는?

그래서 이거 믿어도 되나 싶다. 그래도 친구 엄마의 마음을 그냥 지나치지 않고 알아주고 맛있게 먹으며, 자기들끼리 즐겁게 보내며 서로 감탄의 한마디씩을 날리는 아이들 마음이 참 예쁘다는 생각이 든다.

이왕 고3 시절을 보내게 됐는데 뭐 꼭 힘들기만 할까 싶어, 그건 고정관념일 거라고 분명 즐겁고 행복하고 기억에 남을 것도 있을 거라 생각 했는데 아이들보다 몇 달 동안 내가 더 도시락 싸는 일로 행복할 것 같다.

친구에게 문자로 내가 싸는 도시락 개수가 점점 더 늘어갈 것 같다고 했더니, "가시나! 잘 하고 있구만."이라며 답을 보내 왔다. 저도 아마 몇 년 후에는 따라 하지 않을까 싶다.

처음엔 일고여덟 명의 아이들이 모여서 도시락을 먹던 것이 이제 열댓 명 정도가 된다고 하니, 분명 내가 만들어 주고 싶었던 고3 때의 추억 선물이 되지 않을까 싶다.

# 늦게 온 사랑

우리 집에 오시는 분 중엔 예순(65)이 넘으신 분도 계신다. 나이로 치면 손님 중 가장 연장자인 셈이다.

그분은 오랫동안 초등학교 선생님으로 계셔서인지 볼수록 아이 같은 면이 많아 내가 종종 속으로 귀엽다는 생각을 한다.

마사지 순서가 끝나고 마스크를 떼고 나서 정리까지 해드리면 거울 앞에 다가가서 이리저리 얼굴을 들여다보시고는,

"아이고, 이뻐졌네! 다리미로 다려놓은 것같이 주름이 다 펴졌네."
하시며 좋아하신다.

내가 듣기 좋으라고 하신다기보다는 정말 그렇게 믿으시는 것 같다.

아닌 게 아니라 원래 피부도 뽀얀데다가 그렇게 관리까지 받고 나면 그 연세에도 피부가 반짝반짝 빛나 보인다. 그러시더니만 올봄엔 유난히 더 방긋방긋 웃는 일이 많아지셨다. 그냥 가만히 계셔도 기분이 좋으셔서 그 기분 좋음을 감당 못하시기라도 하신 듯하다.

한번은 대뜸 내게 연애를 해본 적이 있느냐고 물으셨다.

내가 "없어요. 짝사랑밖에 못해봤어요. 선생님은 해 보셨지요?"라고 했더니 "나는 우리 남편이랑 연애 해봤지! 십 년을 연애하고 결혼했잖아." 하셨다.

고1 때부터 십 년을 연애해서 결혼을 하셨단다.

그렇게 오랜 세월 연애하셨는데도 결혼식 올리고 나서 그제야 남편 분께서 "이제 손잡아도 되지?" 하시더란다.

그럼 십 년 동안 뭐 하시며 연애를 했느냐는 나의 물음에 그저 편지 주고받고, 또 만나는 일이 있더라도 남편 분께서 늘 내빼곤 하셨단다. 같이 가요, 하고 따라가면 앞서 가버리고, 남들이 볼까 봐서 부끄러워하셨다고.

옛 시절이다 보니 참 순수한 분이시다고 말씀드렸더니 순수하기는 뭘, 하시며 등신이라서 그런 거란다.

그렇게 연애를 하면서 그분은 여고에서 전교 일등을 해 명문인 Y대학에, 남편 분께서는 남자고등학교에서 전교 일등을 해 K대학에 들어가셨다고 한다. 도중에 그분께선 가정 형편이 여의치 않아 포기하고 다시 교대에 들어가 선생님이 되셨고.

그 손님이 요즘 방긋방긋 웃으시는 이유에 대해 조금 짐작이 가는 바가 있어 나도 이제 한 눈치를 하니까 틀림없이 내 짐작이 맞을 거라고 생각하며 기다려 보았다. 조금만 있으면 얘기 보따리가 실타래 풀리듯이 술술 풀리게 될 테니까……

역시 내 예감이 맞았다. 내 짐작대로였다.

지난겨울이 다 가기 전부터는 어느 절에 다니신다고 하셨다. 둘째 아드님이 고시에 붙게 해달라고 백팔 배를 드린다며……

그러시면서 그곳에서 어느 스님을 알게 되었다고 한다. 함께 신도들과 공양드리는 스님이 고맙게 여겨져 인사를 건네게 되었다 하신다. 그랬더니 스님은, 손님이 연세가 스님보다 이십 세나 많고 하니 편하셨는지 다른 신도들보다는 좀 더 친근감 있게 대해 주셨다고 한다.

내가 짐작하건데 그냥 스승 같은 분으로, 인생의 선배 같은 분으로 여기지 않으셨을까 싶다. 그리고 그 시절에 그만한 교육을 받으셨으니 그 연세에 다른 분들보다는 뭔가 통하는 것이 있지 않을까 여겼을지도 모르겠다. 내가 알기론 그 스님도 명문대를 나오셨다고 한다.

그러다가 서로 이메일 주소를 교환하고 스님은 법문을 보내주시고 손님은 일상생활 중에서 느끼는 점들을 메일로 주고받는다고 한다. 그러니 자연히 메일을 기다리게 되고 컴퓨터에 앞에 앉는 일이 자주 되다 보니 남편 분께서는 화가 나서 컴퓨터를 때려 부순다는 말씀까지 하셨다고 한다.

내 생각엔 그저 스님과 신도들 간에 간혹 있을 수 있는 일인 것 같은데 그 선생님은 그러한 것들이 열아홉 소녀처럼 마음이 설레게 된 것이다.

그 스님에 대한 말씀이 빈번해지더니 급기야는 사랑이란 표현까지 서슴지 않는다. 하긴 달리 표현할 말이 없기도 하지만……

어쩌면 스님은 스무 살이나 많은 손님을 어머니 같은 분으로 여겼을지도 모르는데 손님은 사춘기 소녀가 된 듯, 그 설렘을 친구에게 말하듯 내게 오시면 들떠서 그 말씀들을 하신다. 누워 계시다 말고 휴대전화에 저장된 그분의 사진까지 보여주시는 것이다.

그러더니 어제는 염색약을 들고 오셔서는 마치고 좀 발라달라고 하셨다. 스님이 대구 아닌 가까운 도시의 절로 옮기셨는데, 일요일에 신도 한 분과 그곳에 가기로 했다 하시며 예쁘게 해서 가야 안 되겠냐는 거다. 그리고는 웃으시며 "애인 만나러 가는데……." 하신다.

남편이 알게 되면 화를 낼 텐데 무슨 거짓말을 하고 갈꼬? 나 보고 어쨌으면 좋겠냐고 하신다. 아이고, 참, 무슨 뾰족한 수도 떠오르지 않고 해서 그냥 웃음만 나와 두 사람이 깔깔깔 웃었다.

머리에 염색약을 발라 드렸더니 티슈로 머리를 감싸고 그 위에 모자를 쓰고는 가시려다 말고 휴대전화에 저장된 문자 메시지 온 것까지 보여 주셨다. 특별한 내용도 아니건만, 어찌나 좋아하시는지……

아마 스님도 당신을 사랑하는 것 맞지 싶단다. 그러면서 내가 '이 나이에 왜 이러는지 나도 몰라. 어찌 이런 일이 다 있나' 하신다. 남편과의 첫사랑 이후 두 번째 찾아온 사랑 같단다. 남편의 직책을 대며 누구 마누라가 이래도 되겠느냐 하면서도 여전히 방긋방긋 웃으신다.

나는 또 나대로 속으로 어느 초등학교 교감 하려던 선생님 맞나 생각했다. 그러나 보는 나도 사실은 즐겁다. 거기까지, 딱 거기까지이기만 바라며, 설레고 즐겁고 아랫사람을 보며 흐뭇하고 보기 좋은 마음 그 마음까지이기만 바라면서 말이다.

그 선생님을 보내드리고 뒷모습을 보니 마음이 짠하여지기도 한다. 피부는 젊다지만 걸음걸이며, 자세가 이젠 할머니처럼 돼 가신다. 그래도 그 연세에도 여자는 여자이고 싶고, 사랑받고 있다고 믿고 싶고 혹여 그것이 아니었다는 걸 아서서 행복한 만큼 마음 아프시면 어쩌나 싶어 마음이 짠해지는 것이다. 딸래미라도 있으면 엄마의 뒤늦게 온 사랑을 눈치채고는 제동이라도 걸어줄 텐데…….

그러면서 한편으로 먼 훗날의 나 자신을 떠올려 보며 슬금슬금 웃어도 본다. 나라고 그 나이에 그런 귀여운 할머니가 되지 않을 거라는 보장도 없다. 아니, 오히려 가능성이 더 많을지도 모른다.

지난겨울만 해도 배구선수 미국용병 손 루니(현대캐피탈, 25)한테 반해서 어쩜 저렇게 착하고 사랑스런 청년이 다 있나, 하고는 늘 배구만 보고 살았으니까. 봤던 경기를 보고 또 보면서. 급기야는 밤에 잠을 자려고 눈을 감았는데 배구공이 왔다 갔다 할 정도였다.

그 나이에 그런 얼토당토 않는 사랑에 빠져 정신 못 차리고 있지나 않을지!

그러나 거기까지, 거기까지만을 알고 돌아올 줄 안다면 그것은 아름다운 삶의 한 일부분이 돼 줄 것이며 그분처럼 늦게 찾아온 사랑이 생활에 활력이 돼 주리라.

어쩌면 올지도 모를, 늦게 찾아올 수 있는 황당한 사랑을 위해 돌아서 와야 할 때와 멈추어야 할 때를 지킬 줄 아는 법을 그동안의 세월 속에서 익혀 두어야 할지도 모르겠다.

# 속삭임의 힘

누군가의 직업 중 그중에서 부러운 직업을 꼽으라면 나는 대학교 교직원을 빼놓지 않을 것이다. 그들의 한가로워 보이는 여유(?)를 나도 누려 보고 싶어서이다.

그 직업이라면 적어도 하루에 한두 번 정도는 아침저녁, 출퇴근길에 캠퍼스에 찾아오는 봄, 여름, 가을, 겨울에 감탄하느라 여념이 없을 것이다. 적어도 나라면 말이다.

우리 동네에는 우리 집에서 걸어 이십 분 정도 거리에 경북대학교가 있다. 그러다 보니 간간이 그곳에 근무하시는 분들이 손님으로 오시기도 한다.

그런데 정작 그분들을 보면 그런 여유를 모른 채 계절 가는 거와는 상관없이, 나 같은 사람에게 부러움의 대상이 된다는 걸 모른 채 살아가는 것처럼 보일 때도 있다.

특별히 운동하는 것이 없는 나는 틈틈이 시간 나는 대로 산책 겸 걷기 운동도 할 겸해서 경북대엘 간다. 언제 시간이 날지 예측할 수 없기 때문에 주로 혼자 가는 경우가 많다.

한가로이 노래를 흥얼거리며 갈 때와는 달리 돌아올 때는 사정이 좀 다르다. 그 사이 손님의 전화를 받고 허둥지둥 급하게 와야 하는 경우도 있기 때문이다.

그렇게 해서 찾은 학교에서 벚꽃이 흩날리는 봄밤을 맞는가 하면 여치와 이름 모를 풀벌레가 울어대는 여름날 한가운데 있어보기도 했다. 그리고 어느 겨울날엔 앙상한 겨울나무 가지 사이로 뜬 둥그렇고 환한 보름달을 향해 드라마에서 본 명성왕후처럼 두 팔을 벌려 달의 정기를 받아들이는 흉내도 내보았다.

그럴 때마다 아쉬운 것이 있다면 이러한 것들을 같이 느끼고 함께 산책할 누군가가 있었으면 참 좋겠다는 것이었다.

그래서 어느 해 여름밤엔 풀숲에 가만히 앉아서 속으로 기도해보았다.

'아, 예수님! 이런 풀벌레 울어대는 여름밤에 같이 얘기 나누고 산책할 누군가가 있었으면 얼마나 좋을까요?'

그래서일까? 살면서 가끔은 전혀 새로운 사람을 만날 수 있는 기회가 생긴다는 것은 참 기쁜 일인 것 같다. 한 사람을 안다는 것은 한 세계를 아는 것과도 같다고 하지 않는가?

얼마 전에는 어떻게 하다 보니 한 사람을 알게 되었다. 직장이 내가 사는 동네라고 해서 반가웠는데 그녀가 근무하는 곳이 다름 아닌 경북대라니 더더욱 반가웠다.

우리 집에 오는 손님들은 주로 교직원들, 강사님들 그리고 조교, 이런 분들인데 그녀는 작년에 임용된 교수님이란다. 그것도 국문학과 교수.

그녀도 같이 경북대를 산책할 수 있게 된 사람이 생겨 매우 기쁘단다. 그러한 사람이 있었으면, 하고 바랐던 터란다. 그래서 요즘 산책 나가는 길은 전보다 더 즐겁다.

그날, 그 여름날 풀숲에 앉아 한 나의 기도는 그냥 풀냄새 나는 벤치에서 함께 차 마시며 얘기 나눌 수 있는 친구 정도였는데 뜻밖에도 연구실에서 앳된 여교수가 태워주는 차를 얻어마시게 된 것이다. 그냥 우연이라 넘길 수도 있겠지만 예수님이 그날 나의 속삭임을 들어 주셨다고 나는 믿는다.

아, 요즘은 어찌나 산책하기 좋은 계절인지…….

내가 앉은 곳을 피해 살살 낙엽을 쓸어 모으는 아저씨들이 그곳에 계신가 하면, 가까이 유치원에서 산책 나온 꼬맹이들이 재잘대며 지나가는 행렬을 볼 수 있는 것도 평화롭고 행복하다.

이 계절에 산책하기 좋은 곳이 어디 경북대뿐이랴? 어디인들 좋지 않을까마는…….

# 묵채 먹고 오던 길

어제 오후에는 친구의 차를 타고 아주 멋지고 아름다운 길을 지나게 되었다.

예상치 않았던 터라, 내가 그리 감동할 길이 펼쳐질지 몰랐던 터라 나 혼자 감동하는 동안 그 길을 여러 번 오갔을 친구는 별 말은 없었지만 그러는 나를 보며 속으로는 은근히 흐뭇해하지 않았을까 싶다.

어느 길이냐면 반야월에서 시지로 넘어가는 강 길이다. 가 본 사람들은 뭐 그 길을 두고 그러냐고 아주 대단한 길인 줄 알았네, 라고 할지도 모르겠다.

어쩌면 어제 그 길이 그리 마음에 와 닿았던 것은 아마도 지금이 6월이어서 더하지 않았을까 싶다. 군데군데 넝쿨장미가 피어있고 얼마 전 어느 친구가 문자로 보내온 말처럼 신록이 꽃보다 더 아름다운 줄을 이 나이에 알게 되었다더니 나도 이제야 그 사실을 알게 되어서인지도 모르겠다.

강가에는 무더기 무더기 여러 풀들이 숲을 이루고 있고 강줄기가 길게 이어져 있었다. 더군다나 해질 무렵의 평온은 우리의 영혼까지 포근히 감싸주는 듯했다.

그 길 중간 즈음을 가다 이른 저녁을 먹기 위해 어느 식당에 들리게 되었는데 식당 이름도 그곳에 어울리게 '수수밭'이란 이름의 칼국수 집이었다. 앞밭에는 보리 싹이 누렇게 익어가고 한쪽엔 햇볕을 받아 반들반들 윤이 나는 상추들이 올망졸망 자라나고 있었다.

메뉴판을 보는 순간, 묵채가 있길래 생각할 겨를도 없이 묵채를 시켰더니 친구도 따라 같은 주문을 했다. 일부러 같은 거 하지 않아도 된다고 했더니 괜찮단다.

딱히 묵을 좋아하는 것도 아니면서 묵채를 시킨 것은 그 장소에는 그 음식을 먹기에 가장 좋을 듯해서였다. 그 집을 보니 문득 예전에 읽은 어느 책 생각이 났던 것이다. 여러 문인들이 자신들이 좋아하는 음식과 관련된 추억을 쓴 글이었다.

그때 어느 분이 자기가 좋아하는 묵밥집 이야기를 썼는데 나는 그 글이 가장 마음에 와 닿았다. 서울을 벗어나 경기도 어느 작은 도시에 있는 묵밥집이라고 했는데 그때 그이가 묵밥이 아주 맛있다고 했다기보다 그 집 풍경에 대해 이야기를 더 많이 했던 것 같다. 내 상상력으로 그 묵밥집을 그려보았으니 말이다.

특별히 모래보다는 흙이 더 많이 섞인 마당이며 뒤곁엔 할아버지가 오랫동안 해 오던 두부를 만들고 계셨는데 맷돌로 콩을 직접 갈아서 만들고 계신다 했던가? 담백한 육수 맛이며, 그 묵밥을 먹고 나면 마음이 평화롭고 훈훈해진다는 그런 표현들을 했던 것 같다.

그는 맛있는 묵밥 이야기보다는 그리운 고향집이나, 어머니의 체취 같은, 어떤 그리움에 끝에 닿기라도 한 듯 지친 심신이 잠시 위로받을 수 있는 평화로움 같은 맛이랄까? 그가 말한 묵밥집의 대한 나의 기억은 그렇다.

어제 그 집도 묵채가 맛있었다고도, 육수 맛이 담백하다고도 할 수 없었지만 나도 그에 못지않은 평화로움을 느껴볼 수 있는 집이었다. 어쩌면 단지 그 아름다운 강 길을 가다 만난 곳이란 이유만으로도 그러지 않았을까 싶다.

그리고 어제 그곳이 그리 좋았던 것은 또 다른 좋은 기억이 떠올랐기 때문이었을 것이다.

몇 해 전 어느 이른 봄날에, 버들강아지가 나오고 아지랑이가 스멀스멀 피어나는 무렵, 바람을 쐬어 주겠다며 어느 친구가 그 강가를 데려다 주었다.

가는 길엔 농부들이 밭갈이를 하시다 밭머리에 앉아 막걸리로 새참을 들고 계시고, 정겨운 봄 풍경에 마음이 살포시 부풀게 된 날이었다.

그날도 친구와 나는 어느 칼국수 집에서 찹쌀 수제비를 먹었는데 그 집도 생각해보면 맛이 좋아서 생각난다고 할 수도 없는 곳이었는데 그날 그 들녘이, 여리고 착한 봄볕이 좋아서 그 가운데 있는 그 집이 좋아서 감탄했던 것 같다.

훗날 가끔씩 그 친구에게 그날, 그때가 참 좋았노라고 몇 번 얘기한 적이 있는데 친구는 "언제 말이고? 몰라." 했다. 시치미를 뚝 떼는 건지 몰라도 야는 참 감동도 잘 한데이, 이런 표정으로 나를 보고는 했다.

　가끔씩 나는 쓸쓸하거나 뭔가를 떠올리고 싶을 때 그날 생각을 하는데, 그러면 내 마음이 이른 봄날처럼 되곤 하는데…….

　어제 돌아오는 길에 친구에게 그런 말을 했다.

　"영어(?)로 친구란 말의 뜻은 말이야! 빵을 같이 먹는다는 뜻이래! 같이 빵을 먹는 사이. 그리고 보면 식구라는 말도 비슷한 거 같아!"

　요즘은 기억이란 것에 대해 생각을 해보게 된다.

　한 번 점심 식사를 같이 한 남자를 평생 잊지 못해서 그때 그가 사용한 포크와 나이프를 오래 간직했다는 어느 여인처럼 함께 식사하는 것보다 더 좋은 기억으로 오래 남을 일도 잘 없을 것 같다.

　어제 그 평화로운 강 길이 더 정겨울 수 있었던 것도 그 길 가운데는 수수밭 같은 밥집이 있어 친구와 같이 식사를 할 수 있어서 더 행복했을 것이다

　그리고 묵채보다, 육수 맛보다 완벽하고 담담한 평화를 오랜만에 맛볼 수 있어서 더 기억에 남을 것도 같다.

# 첫사랑과 같은 설악에서

간혹 나는 처녀 시절 산에서의 추억들을 떠올려 보고는 한다.

스물세 살 때의 일이다. 그해 가을, 나는 친한 친구 한 명과 벼르고 별렀던 설악산을 가게 되었다. 등산에 관한 지식도 없이 마구잡이로 열정만 가득하던 시절이다 보니 아무런 등산 장비도 갖추지 못한 채 용감하게, 무식한 차림으로 산을 찾게 되었다.

동대구역에서 밤 9시발 영주행 기차를 타고, 영주역 광장에서 몇 시간 눈을 감은 채로 보내고 강릉행 기차를 타고 드디어 설악산에 닿았다.

설악에 도착해서 수학여행 때 가 본 한계령이 보고 싶어 버스를 탔는데 예상대로 한계령을 지날 땐 어찌나 아름답던지 현기증이 날 지경이었다. 감탄스러움에 어찌할 바를 몰라 했다.

그렇게 한계령을 지나 장수대에 내려 다시 설악산 입구로 돌아오는 버스를 타기 위해 기다리는 동안, 우리는 놓칠세라 그곳에서의 흔적을 남기기 위해 사진을 찍어 줄 누군가를 찾기 위해 두리번거

렸다.

마침 한 사람이 있었다. "저기 저, 사진 좀 찍어 주실래예?"

그 사람은 우리가 한 말을 따라 하며 사진을 찍어주더니 단번에 "대구에서 왔지요?"라고 물었다. 그렇다고 했더니 자기도 고향이 대구라면서 자기 사진도 한 장 찍어 달라고 했다. 그러고는 자기가 현재 사는 곳인 서울의 직장 주소를 적어주면서 사진이 나오면 꼭 보내달라는 말을 몇 번 하더니, 이내 숲속으로 사라졌다.

돌아와서 보니 사진도 잘 나왔고, 꼭 보내달라는 그의 말이 생각나서 그때 많이 읽던 이외수 시인의 시를 한 편 써서 사진과 함께 보냈다.

사진을 보내고 난 후 며칠 있다 그에게서 전화가 왔는데 그날 설악산에서 우리와 만났던 날은 직장에서 등반대회가 있는 날이었다며 그날 자기가 일등을 하였다며 자랑을 했다.

그러다 몇 달 뒤엔 대구에 올 일이 있다며 연락이 와 동대구역에서 그를 만나기로 했다. 함께 간 친구는 구미에 있으니 나 혼자 역으로 나가게 되었는데 그날은 마침 대구에 첫눈이 내려 눈발이 간간이 흩날리던 날이기도 했다.

행여나 서로를 알아보질 못할까 봐 그는 자기는 007가방을 들고 갈 테니 그런 줄 알라고 했다. 그때는 그 가방이 유행이었다.

가방 같은 건 필요 없이 많은 사람들이 나오는 곳에서 서로를 알아보고는 웃었다.

그러고는 버스를 타고 시내로 가서 식사를 하며 그날 있었던 산행 얘기를 하며 즐거운 시간을 보냈다.

그는 전문 산악인이며 암벽등반 대회에 나가서 우승도 하는 이를 테면 산꾼이었다.

그 뒤로도 몇 번 더 통화를 하고 다시 대구에 출장 올 일이 있어 한 번 더 만난 기억도 있다 그러다 좀 더 시간이 지나고 나는 결혼을 하여 아이가 생기고 산은 이제 내게 옛이야기가 되어갔다.

내게 몇 안 되는 친척 중에 외사촌 오빠가 한 명 있다.

어느 날 오빠와 통화를 하다가 오빠가 다른 곳으로 발령을 받았다는 얘기를 듣고는 예전에 만나본 그 사람이 근무하는 곳인 것 같아 혹시나 하고 오빠에게 물어보았다. 그랬더니 오빠의 대답이 그런 사람 있다고, 그 사람을 어찌 아느냐며 의아해 했다.

그는 아직 그곳에서 근무를 하고 있었다. 그는 나를 기억이나 할까 싶어 오빠한테는 그냥 예전에 〈사람과 산〉이라는 책에서 본 적이 있다고만 얘기했다.

그러다 오빠를 만나게 되었는데 오빠의 말이 그 사람이 너 잘 알더라며, 혹시 대구 살고 산에 미쳐 있는 아가씨 아니냐며 묻더라는 것이다. 오빠가 사촌 동생이라고 했더니 세상 참 좁다고 하면서 결혼을 하고 아이를 낳았다는 내 소식을 듣고는 큰 소리로 웃었다고 한다.

그 뒤로 오빠를 만나는 일이 있으면 오빠는 내게 그 사람의 소식을 전해 주었다. 얼마 전 결혼을 했다, 어느 곳에서 근무한다는 등등.

그러다 얼마 지나지 않아 그 사람이 서울에서 대구로 발령을 받게 되었다고 했다. 오빠랑 그 사람이 근무하는 직장은 모 은행 본점이었는데 그가 대구에, 더구나 내가 사는 동네 은행으로 발령을 받게 된 것이다.

나는 오빠를 통해 그의 소식을 듣게 되어 알고 있었는데, 문득 동네 은행을 찾은 나를 처음엔 그가 몰라보았다. 맞춰 보라는 자세로 서 있었더니 아, 하면서 얼마 지나지 않아 '89년도 설악산' 하며 맞추는 것이었다. 그렇게 해서 십여 년 만에 다시 그를 만나게 되었다.

뭐라 할 말이 없으면 어떡하나? 하는 내 염려와는 달리 그는 나를 마치 며칠 전까지 보아왔던 사람처럼 대했다. 자기 이야기들을 아무 스스럼없이 해서 갑작스럽게 이웃이라도 생긴 기분이 들게 하였다.

예전이나 그때나 그의 유머는 여전했다.

쑥스러워, 별로 할 말이 없으면 어떡하느냐며 염려했던 나를 편안히 대해주는 그가 고맙기도 하고 우습기도 해 씨익 웃고 있는데 그런 나를 보며 그가 한마디 했다.

"거 봐요! 산에 다니기를 참 잘했죠? 이렇게 만나니 얼마나 반가워요."

나는 고개를 끄덕끄덕하며 또한 흐뭇해하며 그날 기분 좋게 은행 문을 나왔다.

그 먼 설악에 가서 삼사 분 동안 본 사람을, 더구나 저 멀리서 사는 사람을 산을 내려온 뒤 다시 만나 식사를 할 수 있었던 것도 신기한 일이다 싶었는데, 살다가 가까운 사람을 통해 소식을 듣게 되어 그것도 내가 사는 동네에서 다시 만날 수 있다니 좀 특이한 인연이구나 싶었다.

그는 그 뒤로 얼마 안 있다 다시 서울로 가게 되었는데 살다가 어쩌면 또 다시 한 번 정도는 그를 만날 일이 있지 않을까 기대를 해 보기도 한다. 그때처럼 그렇게 큰 소리를 웃을 수 있으리라 여겨 보면서 말이다.

지금도 가끔씩 설악을 떠올리다 보면 그때 일이 생각나는데 입가에는 웃음이 나오면서 좋은 추억으로 여겨진다. 그 사람을 별로 겪어보지 못한 터라 좋은 사람이라 단정 지을 수는 없지만 그가 아름답게 여겨지는 건 아마 설악에서 만난 사람이기 때문일 것이다.

내게 설악은 첫사랑과도 같은 산이니까!

아직도 떠올리면 가슴이 울렁이며, 싸한 아픔으로 와 닿는 그리운 곳이니까!

# 첫사랑과 같은 설악에서 2

나는 겁이 좀 많은 편이다. 그것도 아픈 것에 대한 두려움은 유난히 더 그런데 그중에서 주사를 맞는 일은 더욱 그랬다.

스물한 살 무렵엔 충치를 뽑기 위해서 치과를 가야 했는데 주사 맞을 것이 너무 겁이나 계속 미루고 미루다 결국엔 마음을 단단히 먹고 용기를 내어 치과를 가게 되었다.

내 차례가 되어 의자에 누워 있는데 의사선생님이 마취를 시키기 위해 주사바늘에 주사약을 넣고 계셨다. 그러고는 그 손이 나를 향해 오는 순간 나는 안 되겠다 싶어 자리에서 벌떡 일어나 의사선생님 손을 붙잡았다.

떨리는 목소리로 "죄송합니다. 다음에 올께요."라고 말하고 자리에서 얼른 일어나 뒤도 안 돌아보고 병원 문을 나와 버렸다.

그 나이 될 때까지 주사를 맞아본 기억이라곤 6학년 때 불주사 맞은 게 마지막이었다. 맞을 일이 있어도 무서워 맞지 않고 버티곤 했었다.

그러다 결국엔 얼마 안 있다 다시 그 병원을 찾아서 문제의 충치를 뽑았다.

다시 찾은 날, 의사 선생님이 조심조심 나를 대했다.

그러니 아이를 임신하고 나서는 얼마나 겁이 많았던지 결혼하고 나서 몇 달 안 있다 임신 소식을 듣고, 한참동안 실감이 안 났다. 그러다 5개월부터는 배 속에서 무언가 꼼지락거려 깜짝 놀라기도 했다. 그 신기함도 잠시, 이제 애를 어떻게 낳을지, 그 염려 때문에 하루하루 그 걱정에서 놓여 본 적이 없는 나날이었다.

처음엔 그런 나를 지켜보던 신랑이 저러다 좀 지나면 괜찮아지겠지 하다가 좀처럼 나아질 기미가 보이지 않자 내가 없는 다른 곳에서는 그런 나 때문에 염려를 많이 하였다고 한다.

그러다가 산달이 다 되어 갈 무렵, 어느 잡지책을 보게 되었는데 그 책에서는 출산할 때 진통이 시작되어 오면 자신이 살아오면서 가장 행복했던 순간을 떠올리면 그 고통을 견디는 데 조금은 도움이 된다는 기사가 있었다. 나는 그 기사를 보는 순간 바로 마음이 환해지면서 안도감이 생겼다.

가만있어 봐라. 뭐였더라? 생각할 겨를 없이 바로 설악산이 떠올랐다.

스물세 살 때 처음으로 찾았던 설악산, 그리고 남동생 둘과 셋이서 백담사로 향하면서 커다란 호수를 지날 때 막냇동생이 읊던 김소월의 시. 그리고 삼 남매가 나란히 누워서 보낸 수렴동 대피소에서 일박을 할 때 하늘에서 쏟아져 내릴 것만 같던 별들과 다음날 아침 버너 뚜껑이 달그락거리며 냄새 풍기던 시래기 국의 맛.

또 어느 해 5월에 찾은 설악엔 대청봉에 아직 미처 눈이 녹지않 았는데 산 아래엔 진달래가 피어서 봄임을 감탄하게 하던 일이 떠 올랐다.

그래서 가장 행복한 순간은 바로 설악산에서의 추억이었다.

맞아! 설악산을 올랐을 때의 순간을 떠올리면 되겠구나! 진통의 순간에 말이다, 라는 생각을 했다.

그래서 막상 아이 낳을 때가 되어서는 사극에서 본 것처럼 이를 악물 때의 경우를 대비해 수건도 준비하고 해서 마침내 병원으로 가게 되었다.

조금씩 배가 아파오고 그러다 나중엔 견딜 수 없을 정도로 진통 이 진행되는 순간, 나는 그때를 견뎌보려고 정말 설악산을 떠올렸다.

맨 처음 친구랑 설악산을 찾았을 때 오색약수에서 출발해 대청 봉을 오르던 때부터 시작해서. 혼자 상상으로 지금 여기가 어디쯤 이다를 가늠해 보았다.

그러다 고통의 절정의 순간이 올 땐, 옆에 있는 사람이 알아들을 수 없는 헛소리가 새어 나왔다. 소청봉 어쩌고 중청봉 어쩌고……. 그 고통의 순간에도 옆에 있는 신랑이 알면 서운해 하겠다는 배려 때문에, 자기와 관련된 추억이 아니고 웬 뜬금없이 설악산이냐고 서 운해 하면 내가 미안할 테니 말이다.

그 고통 중에 나는 설악산을 헤매며 그렇게 아이를 낳았다.

이제 그 아이가 자라 열다섯 살이 되어 이 아름다운 봄날에 생일 을 맞았다.

아침에 서둘러 학교에 가려던 아이가 현관문을 여는데 폭죽이 터졌다. 그리고 아이 친구들의 커다란 웃음소리와 함께 '생일 축하합니다!' 노래가 들려왔다. 그 모습을 지켜보면서 나는 문득 지난날 설악산을 헤매며 아이를 낳던 그때가 떠올라 잠시 미소 지어 보았다.

옛 시절, 어느 해 찾았던 설악은 아래는 봄인가 싶더니 꼭대기는 겨울이었고, 겨울인가 싶더니 내려오니 봄이었던 것처럼, 그동안 나의 삶도 세월 속에서 그때의 설악처럼 기쁨인 줄 알았더니 슬픔이 되고 슬픔이구나, 했더니 다시 기쁨이 되는 세월을 겪으며 다시 이봄을 맞는다.

그런 아름다운 추억이 되어준 설악은 그래서 내게는 첫사랑과 같은 곳이다.

설악에는 머잖아 진달래가 피고 철쭉이 필 것이다. 그 꽃들처럼 딸아이도 예쁘고 사랑스럽게 자라나는 모습을 보고 있노라면 설악을 오르던 그 시절처럼 마냥 내겐 감동이다.

# 학교에서

어제는 시험 감독관으로 아이(현재 고2) 학교엘 갔다.

난생 처음 해보는 것이라 약간은 긴장될 것도 같았는데 통지서로 본 모임 장소에 도착해 보니 그렇지도 않았다.

전날 아이가 염려한 것처럼 멋쟁이 엄마들 속에 지 엄마만 수수할까 봐 걱정했는데 언뜻 보니 그렇지도 않은 듯해 내심 안심이 되기도 했다. 대부분 엄마들의 차림이 생각보다 수수하였다.

차를 한 잔 하며 기다리는 있는 동안 며칠 전에 아이랑 한 말들이 떠올라 잠시 눈시울이 시큰했다.

얼마 전, 동사무소에서 통지서가 나왔는데 올해 아이가 18세여서 주민증 신청을 하란다.

"영미야! 니 이제 어떡할래? 니 딸 이제 다 컸데이."

그래, 그렇구나! 나는 아무것도 한 것이 없는데 절로 딸이 다 커 버렸구나 싶었다.

그런 생각을 하는 사이 각 반 담임선생님들이 들어오셔서 자기

반 학부모들을 찾았다. 나는 여러 번 아이한테서 담임에 관해서 얘기를 들어왔기 때문에 나를 부르기 전 내가 먼저 알아보리라고 예측을 했다. 한편 아이가 한 염려를 생각하면서.

선생님을 보는 순간 엄마가 웃어버릴까 봐 아이는 영 마음에 걸린다고 했다. 담임이 평소에 자신이 말한 모습과 똑 같아 분명히 엄마의 웃음보가 터져버릴 거라고. 아마 쑥스러워서 엄마와 눈도 못 마주칠 거라고.

아니나 다를까, 나는 담임선생님을 한눈에 알아봤다. 선생님들 중 키가 제일로 크고 쑥스러운 표정의 총각 선생님! 좀 말랐고 뿔테 안경에, 얼굴엔 아이 말마따나 별 특징이 없었다.

들어오시는 순간, 아! 저분이구나, 했는데 "예지 어머니!" 하시길래 "네, 접니다. 선생님, 안녕하세요!" 했다. 그런데 인사도 미처 끝내기 전에 터져버린 웃음보. 정말 어쩌면 좋아! 제발 멈추어 주기를.

선생님이 당황하실까봐 "선생님! 예지가 말한 거랑 정말 똑같으셔요!" 하고도 킥킥 웃음이 나왔다. 아무리 멈추고 싶어도 멈춰지지 않는 웃음.

다소곳하게 얌전히 앉아 있던 엄마가 웬일인가 싶어 함께 있던 엄마들은 힐끔힐끔 쳐다보았다. 곧 멈추겠지 했는데 웃음이 멈춰지지 않는 나를 보고 당황한 선생님은 마치 미리 외워 오기라도 한 듯이 아이에 대해 말씀을 하셨다.

그래도 한번 터진 내 웃음보는 멈춰지지 않아 몹시도 애를 먹었다. 겨우 진정하고 선생님께 인사하고 1교시를 끝내고 아이를 만나러 갔다. 그러고는 아이에게 똑똑하게 고백을 했다. 엄마의 얘기를 들은 아이는 내 그럴 줄 알았다며, 버스를 타고 학교 가는 길에 계속 엄마가 마음에 걸려 시험 잘 치게 해 달라는 기도보다는 우리 엄마 제발 안 웃게 해달라는 기도를 더 많이 했다고 한다.

"어떡하노? 선생님한테 미안해서"라고 했더니 그 말에 아이는 "이제 어쩔 수 없지 뭐" 했다.

3교시 시험을 마치고 다시 아이를 보고 담임선생님께도 간단히 인사를 했다. 혹 다음에 시험 감독할 엄마가 없으면 다시 불러달라고 했다. 지은 죄가 있으니 말이다.

쉬는 시간에 아이가 엄마 대신 선생님께 죄송하다고 했단다. 우리 엄마가 평소에 웃음이 너무 많다고, 그리고 엄마한테 선생님에 대해 나쁘게 말한 것은 없다고도……

선생님은 그냥 하시는 인사말씀인지 괜찮다고 하시며 엄마가 잘 웃으시고 좋던데 뭘 그러느냐고 하셨단다.

집으로 오는 길에 나는 왜 이럴까 하며 한 대 쥐어박고 싶은 심정이었다. 여느 집들은 아이가 잘못을 하고 부모가 선생님께 죄송하다고 한다는데 나는 반대로 아이가 선생님께 엄마 때문에 죄송하다고 해야 할 상황을 만들었으니 말이다.

집으로 돌아오니 먼저 온 아이는 웃으면서 엄마를 나무란다. 안 그래도 너무 순진하고 착해서(참고로 담임 1년차) 학생들도 무시하고, 같은 교사들도 무시하는 선생님을 학부모까지 와서 보자마자 웃어댔으니 선생님 기분이 어떻겠냐고……

그 말이 채 끝나기 전에 "나 같은 엄마는 나무에다 머리를 꽝 박아야 해." 했더니 아이는 그래도 그 정도는 아니란다.

저녁 무렵에 선생님께 문자를 보내드렸다.

우리가 좀 독특하게 살다 보니 아이가 어릴 때 웃기지 않으면 밥을 주지 않을 만큼 웃는 일을 중요하게 여겼다며 딱딱하게 굳은 표정의 선생님들을 보며 살짝 겁먹고 있다가 정반대인 순수하고 착해 보이는 선생님을 보니 마음이 놓여서 그냥 웃음이 자연스레 나와 버린 것 같다고, 마음 상하셨으면 죄송하다고……. 혹여 우리 아이를 이상한 엄마의 딸로 보지는 말아 주셨으면 한다고 말씀드렸다.

좀 있다 선생님께 답장이 왔다.

아이도 참 밝고 착한데 어머니도 참 잘 웃으시고 너무 좋은 것 같다고. 그런 웃음 속에 사는 아이가 부럽다 하시며 앞으로 아이를 잘 보살펴 주고 도와주도록 하겠다고 하셨다. 그리고 전혀 이상하지 않았다고도 하셨다.

어쩌다 보니 생각지도 않게, 아마 담임선생님께는 내가 처음으로 만난 학부모가 아니었을까 싶다. 그런 선생님께 학부모에게 평생 경험해 볼까 말까 한 기억을 남긴 셈이다.

학부모에게 전화를 하는 순간에도 쑥스러워 안절부절못하며 이리저리 왔다 갔다 하신다는 선생님을 보고 그렇게 웃어댔으니 오늘까지도 마음이 쓰인다.

한편 그 순간만 떠올리면 아직도 웃음이 나오고…….

친구는 이런 내가 아직 세파에 안 시달려 봐서 그렇단다. 자기는 한 번만 웃으면 멈추어 버린다는데 나는 아직이다.

요 며칠 아이가 학교에서 돌아오면 선생님 어떠신지, 어떻게 아이를 대하셨는지부터 묻는다. 소심하게도.

아이들이 대놓고 놀리면 곧장 얼굴이 시뻘게지는 착한 꺼벙이 선생님을 보자마자 웃어댄 나 자신 때문에 나는 아직도 웃음이 나온다. 그 옛날 학창시절처럼.

# 늦게 온 사랑 2

언젠가 글을 쓴 적이 있는 우리 집에 오시는 손님 중 예순이 넘으신 초등학교 선생님 출신 손님의 이야기를 하려고 한다.

일 년여를 가까이, 여전히 손님은 그 스님으로 인해 하루하루가 행복하고, 세상이 아름다워 보이시는 듯하다. 요즘도 방긋방긋 웃으시며, 만나는 사람들까지도 전염되게 하신다. 그리고 사람들을 만나면 떠오르는 느낌, 놓치면 아까운 감정이나 표현들을 아끼지 않고 꼭 말씀으로 하신다. 가령 예쁜 사람을 보면 아! 참 예쁘네요, 이런 말들.

그리고 어떻게 그리 적절하게 떠오르는지 나도 감탄을 하곤 한다.

어제는 앞에 손님이 한 분 다녀가셨는데. 쉰이 넘은 그분이 참 예쁘다며, 마치 화사한 모란꽃이 활짝 핀 것 같다며 다음에 그분이 오시면 꼭 그 말씀을 전해 달라신다.

그래 맞아! 모란꽃이야, 나도 속으로 고개를 끄덕였다.

그러신 분이 나한테는 한 말씀을 날리지 않으셨겠는가.

비록 꽃에 비유하지는 않았지만 로맨틱한 그대를, 낭만적인 그대를 만나게 되어 기쁩니다, 라는 말씀을 하셨다.

나랑 나이를 비교해 본다면 20년도 넘는 나이 차이임에도 마치 친구라도 되는 듯, 길을 가다가도 올라오셔서 벨을 누르시고는, 밖에 서신 채로 얼마 전에 절에 다녀오셨다는 등등, 설레는 표정으로 내게 이런저런 말들을 해 주신다.

그러면서 내가 잘 들어주니까 어찌 그리 당신 마음을 잘 알아주느냐고 감탄까지 하신다.

그래서 내가 한마디 말씀드렸다.

"선생님! 저는 늘 사랑에 빠져있거든요. 그래서 잘 알지요."라고 그랬더니, 정말인가 하는 눈으로 나를 바라보시길래 평소 책 읽는 것을 좋아하다 보니 그런 것 같다고 책에 나오는 주인공이 나 자신이라고 착각하고 읽을 때가 많다고, 그래서 늘 마음이 설렌다고 이런 싱거운 소리로 농담을 했다.

몇 달 전에는 평소보다 더 기분이 좋아 보여 여쭈었더니 그 이유인즉 며칠 전에 목욕탕엘 가셨는데 어느 분이 "그 연세에 몸매가 참 예쁘시네요."라고 말씀하셨단다. 그래서 얼마나 신이 났던지 집에 가서는 남편 앞에서 신나게 춤을 추며, "여보! 여보, 나 오늘 기분 좋은 소리 들었다. 누가 나 보고 몸매가 예쁘단다." 하시며 들뜬 채로 말씀드렸다는 것이다.

남편이 듣고는 그게 뭐가 그렇게까지 기분 좋으냐는 말씀에 "당신은 여자가 아니어서 모른다. 내 평생 그런 얘기 처음 들어 본다."라며, 내 앞에서도 남편 앞에서 추신 것처럼 똑같이 춤을 추며 그대로 흉내를 내 한참을 웃게 하셨다.

요즘도 여전히 내게 하는 말씀의 대부분이 스님에 관한 말씀이신데 한 가지 아쉬운 게 있으시단다. 스님과 꼭 한 번 악수를 하고 싶은데, 그래서 손을 잡아보고 싶은데 왜 불교 신자들은 악수를 하는 게 드문지 그게 불만이라고 하신다.

손님과 나는 가끔씩 이메일을 주고받곤 한다.

언젠가 내가 한 말을 마음에 두고 계셨다고 하시길래 나는 잊어버렸는데 무슨 말씀을 드렸지 하고, 보내 드린 메일을 열어보았다.

"선생님이 그렇게 설레며 행복해 하시니 보는 저도 즐겁고 행복합니다. 하지만 선생님! 사랑의 또 다른 말은 아픔인 것도 아시지요? 선생님이 그분으로 인해서 어린 나이의 사람을 바라보며 흐뭇하고 대견스러운, 그래서 보기에 좋은 마음 그 이상이 아니었으면 합니다. 설레고, 행복하고, 혹여 그 마음이 조금 더 깊어서 아프기까지는 않으시기를……. 물론 선생님을 절제하실 수 있으실 것입니다."

이런 내용이었다.

그 메일을 받고는 내가 한 그 말을 염두에 두고 계셨다고 한다.

그래서 어느 날엔 그 아쉬워하던, 악수까지는 아니어도 세 분이서 파이팅하며 스님과 손이 스칠 기회가 있었는데 일부러 미리 빼 버리셨다고 한다.

그러면서 내게 "나 잘했죠?"라고 하신다.

뭐 내가 한 그 말씀 때문에 그랬을까마는 우습기도 또한 기분 좋기도 하였다.

그런 마음으로 사시니 온 세상이 다 아름답고 사랑스러운 건 어쩌면 당연한 것일지도 모르겠다. 아이를 보면 아이가 사랑스럽고 사돈을 보면 바깥사돈 안사돈까지 할 것 없이 다 사랑스럽다고 하신다.

자신이 그리 사랑 받고 자라서서인지 도무지 긍정 아닌 부정이라곤 조금도 찾아볼 수 없는 그분처럼 살아갈 수 있으면 얼마나 좋을까? 그러면 12월을 맞아 바깥에 불어오는 이 겨울바람도 그분의 몸에 닿기만 하면 봄바람으로 녹고 말며 이 자그마한 온기의 겨울 햇살도 봄 햇살처럼 따스해지고 말 것 같은데 말이다.

# 친구

　가까이 살던 친구가 오늘 중국엘 갔다. 올해 초 친구 남편이 중국으로 발령이 났었다. 원래 계획대로라면 지금쯤 가족이 그곳에서 살고 있을 텐데 갓난쟁이가 있는 관계로 조금 미뤄지고 있다.

　이번에 가서 중국 여행도 하고 앞으로 살집도 둘러보고 할 요량으로 한 달가량의 일정 계획으로 좀전에 떠났다. 가기 전날인 어제 친구는 우리 집에 다녀가는 것도 잊지 않았다.

　아마 이별 연습 여행쯤으로 생각하면 될 듯하다. 돌아와서 별 이변이 없는 한 오는 12월께두 딸들을 데리고 가서 그곳에서 몇 년을, 그리고 그곳에서의 근무가 마치면 모르긴 해도 다른 해외 근무지로 가야 할 가능성이 크단다.

　나와 둘이서 동네를 산책하고 오가는 계절을 함께 느끼고 감탄하며, 열심히 일한 어느 저녁에는 집 앞 호프집에서 생맥주 한 잔을 마시며 즐거운 얘기들을 나누던 그런 시절이 앞으로 또 올까 싶다.

　가까이 살면서 좋은 말동무가 되어 주었으며 또 이모가 없는 내

124

아이에게는 친이모 역할을 톡톡히 해 주던 친구이다. 그리고 좀 더 근사한 표현을 빌린다면 내 지적 호기심을 채워 주기에 충분한 친구이기도 했다. 다방면에 지식이 풍부한 친구는 언제나 명쾌했다.

3년 전에는 가까운 곳에 살면서 친하게 지내던 친구가 멀리 미국으로 떠났다. 그리고 2년 전에는 한 친구가 미국보다도 중국보다도 더 먼 나라로 떠났다. 눈물 세방울을 남기고서.

친구를 보낼 때마다 아쉬움이 큰 것이 당연하겠지만 한편으론 그 아쉬움의 성격이 조금씩 다르기도 하다.

미국으로 간 친구에겐 좀 더 좋은 친구가 못 되어 주어서 안타깝고 마음 아프다면, 더 먼 곳으로 간 친구에겐 친구이면서도 그 애에게 작은 위안도 그리고 그 영혼에게 아무런 영향도 도움도 끼치지 못해 미안한 마음이 크다. 지금 정도만 되었더라도…….

그리고 지금 떠나는 친구에겐 무엇보다 나는 '내 친구들'이란 울타리를 만들어 그녀를 밖에 세워둔 적 많았던 것 같아서 마음에 걸린다.

언제부터인가 나에겐 친구란 '어떤 사람이냐, 얼마나 좋은 사람이냐'보다는 어느 시절을 함께 했느냐가 더 중요하게 다가왔다. 물론 그 시절이라는 것은 두말 할 것 없이 자랄 때의 시절인 것이다. 영화 〈친구〉에서처럼 친구란 한자로 '친할 친' 자에 '오랠 구'여야 되었다.

친구와 함께 한 시절도 결코 작지 않음에도 불구하고 그 부분에서는 마음에서 선이 그어지고는 했던 것 같다. 그래서 아마 친구가 서운한 마음이 든 적도 있었을 것이다.

한 달여간의 중국 여행을 마치고 친구가 돌아오면 완전히 이사를 가야 하는 12월이 되기까지 남는 시간 동안 그 친구와 좀 더 가까이 좀 더 자주, 그리고 전보다 더 은밀히 지내야겠다. 아쉬움이 조금이라도 작게 말이다. 한 사람씩 멀리 보낼 때마다 늘 아쉽고 마음이 아프다. 좀 더 익숙해지지 않았을까 싶다가도 여전한 것 같기도 하다.

요즘 읽는 책이 조선 세종 때 천문학자이면서 발명가였던 장영실의 일대기를 쓴 소설을 읽고 있는데 영실의 스승이 어느 날 어린 영실에게 말한다.

"영실아! 하늘의 해와 달과 별들과 벗 삼거라! 이별해야 할 것들에게 마음을 주면 머지않아 가슴아픈일이 있을것이다."라고.

영실은 하늘을 보고 별을 자주 바라보다 이치를 깨달아 별자리를 관측하기에까지  이른다.

스승의 말이 옳다. 하지만 사람이 어찌 해와 달과 별들과만 벗 삼을 수 있을까? 가까이 내 좋은 벗들을 두고서 말이다.

# 어찌나 못났던지

간혹 은행에서나 아님 다른 어떤 곳에서 신분증을 내야 하는 순간이 오면 나는 그다지 달갑지가 않다. 신분증 속에 있는 나는 너무나 못났기 때문이다. 어찌나 못생기고 못났는지!

살아오면서 언제부터인가 내가 바뀌기 시작했는데 스물 몇 살이 되기까지는 언제나 예전이 좋았다, 라는 식이었다. 가령 초등학교 시절이 좋았고, 처녀 시절이 좋았고 등등.

그랬는데 어느 무렵부터는 항상 그때 그 순간이 가장 좋은 줄, 제일 행복한 줄 믿고 살아온 것 같다. 그 계기는 바로 내가 예수님을 만나고부터 일어난 변화였다.

주민증을 찍을 무렵, 그때도 나는 그 시절이 가장 행복한 시절이라 믿었을 텐데 사진을 보면 그건 아무래도 아니었다 싶다. 돌이켜 보건대 나는 가장 힘든 시기를 견뎌내고 또 살아내던 시절이었던 것이다. 이런저런 모양새로 삶이 아득하기만 했던 시절.

아이도 그때 대여섯 살이 되었을까? 그러니 그때 찍은 사진은 한

마디로 골몰스러움 그 자체였다. 또 카메라 앞에만 서면 어색해지는 표정도 한몫 했을 테고…….

그래서 어딘가에서 주민증을 내보이면 사람들은 나를 한 번 쳐다본다. 그러고는 '본인 맞으세요?' 이렇게 물어보는 이도 있다.

언젠가 한번은 동네에 있는 국민은행엘 갔는데 남자 직원이 그날도 신분증을 보고는 나를 쳐다보길래 나는 속으로 '또 분명히 본인 맞으세요?'라고 하겠지 했다.

그랬는데 그 직원은 우습게도 "몰라보게 예뻐지셨네요." 하는 것이었다. 그 재치에 웃으며 기분 좋게 은행 문을 나왔던 적도 있다.

오늘은 모처럼 시간을 내어 미루었던 볼일들을 보면서 집 가까이에 있는 농협에 들르게 되었다. 마침 통장을 재발급 받을 일이 있어 직원이 서류를 복사하고 하는데 거기에는 지금 신분증이 아닌 그 전 신분증이 복사가 돼 있었다.

그 사진을 보는 순간, 그래도 지금이 나았다. 거기엔 지금보다도 또 그 모습이 더 했다. 복사본인 걸 감안하더라도. 옛날 것도 복사가 돼 있느냐고 직원에게 물었더니 처음 통장을 발급받을 때 복사해 둔 것이라 한다. 그래서 결재서류를 만들어 농협 과장 자리에 올려 놓길래 저런 것들도 다 결재를 받아야 하나 싶어 속으로 아이, 참 내 싶었다. 창피스럽게!

왜냐면 얼마 전에 과장으로 온 이가 내 동기이기 때문이다. 그러니까 초등학교, 중학교, 고등학교 동기. 그런 생각을 하면서 시간이 좀 걸려 창구 앞에 서 있는데 전화가 왔다. 그때가 점심시간이었는데 농협 과장인 친구가, 미안하게 되었다며 직원들과 점심 약속이 있어 먼저 나가봐야겠다며 입구에서 기다리던 직원에게 급히 가던 동기가 전화를 해 온 것이다.

마침 밥을 먹으러 간 곳이 우리 집 일층에 있는 식당이라며 "너도 같이 밥 먹지 않을래? 네 것도 시켜놓을게." 하는 거였다.

나는 안 되겠다고, 해야 할 일이 있다면서 거절했다. 말은 이렇게 했지만 속으로 생각했다.

'아니, 안 간다기보다 못 가지, 남자들만 있는데 더구나 아저씨들만 있을 텐데……'

그러고는 볼일을 보고 집으로 돌아와서는 환기부터 시키려고 창문을 열었더니 그날따라 아랫집 식당에서 손님들이 밥을 먹으면서 떠드는 소리가 유난히 더 크게 들려왔다. 그 가운데 귀에 익은 목소리도 들려왔다. 아마도 창가에 앉았나 보다. 농협 과장인 그 친구가.

순간 나는 그 애 책상 위에 있을 내 옛날 주민증 사진이 떠올라 슬그머니 웃음이 나왔다. 너도 좀 있음 그 서류 속의 내 사진을 보고는 잠깐 웃을지 몰라, 생각하면서.

창가로 다가가 모과나무 가지에 햇살이 가득한 걸 보면서 따뜻한 미소를 지어보았다.

어느 모로 보나 그 시절과 비교해 본다면 지금이 풍요롭다. 아이는 자라났으며, 나는 무엇보다 내게 맞는 일을 갖게 되었고 그리고 이 작은 일로도 사명감을 가지게 되었고 또한 나의 신앙도 세월과 함께 성숙해 있다고 믿었다. 그래서 무척이나 흡족했다.

지금의 이 시절도 예전 그 시절과 같이 먼 훗날이 되어 돌이켜 본다면 어쩌면 또 그런 시절일지도 모르겠다. 아, 그때 나는 가난한 시절을 보냈지, 라고 말할지 모르겠다. 그리고 또 사진을 보며 '에고, 못생겼구나.' 할지도 모를 일이다.

그러나 그때에는 또 지금만큼이나 만족한 상태에서 지금의 이 시절을 되돌아 볼 것이다. 지금 옛 시절을 떠올려 보듯 말이다. 그리고 훨씬 더 깊어진 마음으로 더 정겨운 눈으로 바라볼 것도 같다. 어제처럼 따듯한 미소를 머금고 말이다.

# 속삭임의 힘 2

요 근래에 들어서 나는 왜 이리 철이 없을까? 세상천지를 모르고 살아왔구나 싶은 생각을 간혹 하게 되었는데 그때 꼭 나 같은 사람이 한 사람 더 있어 위로 아닌 위로를 받기도 하는데 다름 아닌 이 여교수 때문이다. 나만큼이나 철이 없고 세상천지를 모르고 살아온 사람.

요즘은 아무 곳에도 안 나가고 아무도 안 만나고 그냥 혼자 가만히 있는 시간이 좋아 일하는 시간 외에도 집에만 있는데 그런 나에게 가장 마음을 써주는 사람이 이 사람인 것 같다.

방학 중이라 한가하다며 학교에 놀러 오라고 해도, 집으로 놀러 오라고 해도 안 가고 있는 내게 얼마 전에는 전화가 와서 재미있는 영화를 한 편 같이 보자며 태우러 오겠단다.

그 말에도 나는 그냥 집에 있겠다고 했는데 옆에서 자기 엄마가 전화하는 것을 들은 그 집 아이가 싱긋이 웃으며 좋아하고 있단다. 아줌마하고 같이 영화 보게 되는가 하고. 그 집 아들이라면 나와

저만이 아는 특별한 이야기 같은 게 있어서인데…….

나도 그 집 아들 얘기에 기분이 좋아서 다음 날 그 집에 놀러 갔다. 그리고는 몇 시간을 해도 끝나지 않는 여자들의 대화. 오랜만에 누군가와 오랜 대화를 나누고 돌아왔다. 아주 기분 좋게.

그리고 한 두어 달 전부터 우리 아이에게 맛있는 밥을 한 끼 사 주겠다고 여러 차례 말했는데, 아이는 별로 내키지 않아 하고 나도 그랬다. 더군다나 시험도 못 쳤고 그러다 보니 계속 미루게 되었는데 기어이 날을 잡아 다시 연락을 해왔다.

그래서 오늘 비 오는 날, 시내에서 만나 넷이서 꽤 좋은 곳에서 점심 식사를 하게 되었다. 밥을 먹으면서 아이들에게 자기 직업답게 여러 가지를 묻고 또 자기 얘기도 했는데, 자신은 스스로를 들들 볶는 스타일이라며 가만히 못 놔둔다고, 그러지 않으면 발전이란 없는 것 같다는 얘기를 했다. 자신의 남매들이 다 그런 타입이라고.

그리고 이왕이면 그 들들들 볶는 일도, 스스로 즐기면서 하기까지에 이르면 그것은 가장 바람직한 이상인 것 같다고도 했다. 공부를 잘 하던 사람이 사회에 나가서도 잘 돼 있는 건 무엇을 하든 최선을 다 하다 보니, 그런 습관 같은 것이 그런 결과를 가져오는 것 같다며 자기가 가르치는 공부 잘하는 학생들을 예로 들면서 얘기를 했다.

나도 당연히 맞는 말이라며, 그러면서 가만히 나 자신을 생각해 보기도 했다. 언제나 무엇을 해도 제일 못하던 어린 시절부터의 나를…….

중학교 겨울 무렵 방학 땐 여자아이들이지만 낫을 들고 산에 나무를 하러 갔다. 지금 생각해 보면 집에서 누가 시켜서가 아니라 어른들 흉내를 낸다고 그랬던 게 아닌가 싶다.

그러면 아이들을 따라가서 그 애들처럼 나무를 베어봤는데 그렇게 해서 묶은 내 나뭇단이 가장 작았다. 제법 큰 친구들의 나뭇단에 비해서 내 것은 애기 베개만 했다. 그 나뭇단을 아래로 굴리면 내 나뭇단은 내려가지도 않고 걸려버렸다.

쇠꼴을 베는 데 따라가도 손만 베이고, 딸기를 따도 오디를 따도 내 친구는 내가 옆에 있으면 안심이었다고 한다. 다른 애들은 좋은 것 얼른 다 따버려도 나는 낭창하게 한가하게 아이들이 재빠르게 따는 사이 평화롭게 방해도 안 받으며 누가 옆에서 많이 따든 말든 내 딸 수 있는 만큼만 땄기 때문이다.

비가 많이 온 뒤에는 강물이 불어났는데 그래서 평소에는 돌다리를 건너던 것이 통나무를 건너야 했다. 아이들은 성큼성큼 통나무를 건널 때, 나는 일찌감치 아이들에게 가방을 맡기고 남들 걸어가는 다리를 기어서 갔다. 그러다 보니 시퍼런 물살을 보아야만 했다. 중학교 시절 이야기다.

꼭 게을러서만은 아닌데 내 결과는 늘 이처럼 어리석고 바보 같았다. 그런 생각들을 해 보다가 이게 나 아닌가 싶은 생각이 들었다. 바보 같고 어리석고……. 그렇지만 그게 내 모습인 것 같았다. 이런 내가 이런 방법으로, 이렇게 살아가고 있다는 자체가 신기하고 기적처럼 여겨지기도 했다. 그러니 당연히 감사하지 않을 수도 없다.

한편 이런 내가 좋다는 생각도 해 보았다. 좀 낭창하게 걸으면 어떤가? 좀 한가하게 걸어가면 어떤가? 지구상에 수많은 사람들이 사는 것처럼 인생들도 그만큼이나 다양한데…….

나는 나처럼, 나답게 살고 싶다. 누가 뭐래도 말이다. 그냥 나 생긴 대로 나 좋을 대로. 누군가에게 이런 말로 문자를 보냈더니 '우린 천천히 누가 뭐래도 우리답게 살자. 그래야 세상이 균형을 맞추지. 잘 살고 있는 거야. 우리는.'라고 답을 보내주었다.

자화자찬 같은 얘기지만 나는 싱긋이 웃어본다.

한편 이 여교수 같은 친구가 있어 좋을 때가 많기도 하다. 그녀를 통해서 보는 세상은 또 다른 한 세계이니까!

그녀는 한가로이 사는 내가 부러울 때가 많다지만, 막상 나같이 살아보라고 하면 답답해서 달아나겠지만, 각자의 삶을 살고 있지만, 만나면 인간의 내면세계에 대해 늘 관심이 많은 내게 그녀만큼 공부거리를 제공해 주는 사람도 내겐 없기 때문에 칠 년 전에 한 내 기도의 응답은 꽤 멋지다는 생각을 해본다.

# 앵두가 익어 갈 무렵

예전 우리 동네
뉘 집 담 너머엔 앵두나무가 한 그루 있었지요.

계집아이 몇은 그 앵두를 따기 위해
밤 12시가 되기까지를 기다렸답니다.
모내기를 끝내고 곤하게 지친
어른들의 깊은 밤이 오기까지를.

모들이 나란히 심어진 질퍽한 논 위에
한 발 한 발 발을 들이며 한 알씩 한 알씩
앵두를 따노라면

앵두는 간혹 슬레이트 지붕 위로
토닥토닥 소리를 내며 떨어지고

그 소리에 놀라 훑다가 다음엔
아예 가지째 꺾어 버린 간 큰 아이들.

동네에서 둘째가라면 서러울 목소리의 주인공인
앵두나무집 아주머니를 떠올리면
질펀한 논에서 나는 발자국 소리
가슴에서 뛰는 심장소리도 함께 들어야 했답니다.

그날 우리들 머리 위 높은하늘에는
달님이 빙그레 미소 지으며 내려다보고 있을 것 같은
아름다운 초여름 밤이었어요.

# 처녀 산행 날

어제 오늘은 비온 뒤 상큼하게 느껴지는 날씨 때문인지 동네 야트막한 야산을 지날 때도 싱그러운 풀냄새에 온 전신이 깨어나는 느낌이다. 그러면서 몇 년 전 나의 처녀 산행 날이 떠오른다. 이를테면 첫 산행인 어느 날이다.

산이야 어린 시절 수 없이 많이 오르내렸지만 어른이 되고 나서 한참 만에 오른 어느 날 산행을 나는 처녀 산행이라 부르고 싶다. 더군다나 그날은 우리 친구들과 함께 산행 간 첫날 아닌가?

그러니까, 내가 우리 〈산누리 산악회〉에 처음 나간 날이기도 했는데 딴엔 용기에 용기를 내서 산행을 간 날이기도 했다.

주일날 교회 예배를 마다하고 산에 가기란 어찌나 마음먹기 힘들던지 그 전 산행 날 집 근처로 태우러 오겠다던 친구에게 미안하지만 도저히 교회 예배에 참석 않고 산에 가는 것을 못 하겠다 했다.

평소에 교회라면, 탐탁지 않아 하는 그 친구가 분명 그날도 뭐라할 것이라 여기고 단단히 각오하고 있었는데 친구의 대답은 의외로

간단히 알았다고 해서 의아하기도 했었다. 그러다 보니 어렵게 어렵게 간 나의 첫 산행 날이었는데 산행지는 상주에 있는 성주봉이었다.

그날 함께 산행을 한 친구들은 정한, 재훈, 창영, 현재 그리고 은숙이, 경순이, 나, 이렇게 일곱 명이 참석했다. 처녀 산행 날이다 보니 나는 이날 이 일곱 명을 똑똑히 기억한다.

좀 이른 아침에 대구를 출발해서 서너 시간이 지나니 상주란다. 자전거 타는 도로로 전국에 알려진 상주 시내를 지나는데 이른 코스모스가 활짝 피어 있었다. 그 길을 지나면서도 시골아이들답게 꽃에 감탄하기보다는 난데없이 양파 심는 얘기며, 감자 심는 얘기가 나왔다. 아이들은 옛날 기억들을 떠올리는 것을 더 좋아했다. 그리고 보면 우린 어찌 이리 옛일들을 잊지 않고 살아가나 하는 생각이 들기도 했다.

그러다 그날 산행이 시작되었는데, 비교적 초보자인 나도 오르기 그다지 힘들지 않은 산이었는데 중간 무렵부터 재훈이는 자기한테는 성이 안 찬다고 투덜댔다. 산행을 마치고 다 내려와서는 몇몇 친구들은 재훈이더러 "그라머 한 번 더 올라갔다 온나 모!" 했지만 그 말에 대꾸하지는 않았다. 우린 모처럼 한 산행이, 처음으로 간 산이 순하게 생긴 산이어서 온순하고 평화로워 뿌듯하기만 했는데 말이다.

그날 우리 말고도 간간이 그 산을 찾은 사람들이 있었는데 꼭대기 몇몇 무리들은 화투판을 펼쳐놓기도 했는데 학교 숙직실 화투판에 익숙한 어느 친구는 그 무리 너머로 화투 치는 솜씨를 구경하느라고 따라오지 않아서 결국엔 한 친구를 보내 잡아당겨 오듯 데려오기도 했다.

산 정상에서 점심 도시락을 펼쳤는데 여러 가지 맛있는 것들이 쏟아져 나왔다. 그중 상추쌈 먹은 건 특별히 기억이 나는데 아마 그때 재훈이가 고기를 맛있게 재워서 구워 왔던 것 같다.

산이 우거진 부분이 많아서 맨 앞에 선 창영이는 나무 작대기로 숲길을 터주기도 했는데 우린 그날부터 창영이에게 '산신령, 산신령' 하며 부르기도 했다.

그날 은숙이는 아이스박스에다 먹을 것을 얼마나 많이 준비해 왔던지, 족발, 막걸리, 수육, 수박 등 먹을 것이 푸짐했다.

펜션지구인가 그 부근 들마루에 앉아 먹을 것을 펼쳤는데 간간이 빗방울이 떨어지기도 했지만 우린 참 즐겁고, 재미있고 행복한 시간들을 보내는 데 아쉬움이 없었다.

그날 산을 다 내려 올 즈음 내리막길에서 여자아이들 셋이 큰 소리로 까르르 웃었는데 앞서 가던 남자아이들은 자기들 얘기를 하나 싶어서인지 못미더워 뒤를 힐끔힐끔 돌아보기도 했다.

우리는 자기들 얘기하며 웃는 줄 알겠다며 웃음소리를 낮췄다. 그런데 그날 웃었던 건 누구 때문이 아니고 시골 아이답게 쓰는 말들이 까마득한 예전에나 들어 본 말들이어서 웃었던 것이다. 산판이 어떻고, 싸리 빗자루가 어떻고, 참으로 모처럼만에 들어보는 시골 아이들 말이어서, 반갑기도 하고 우습기도 해서 기분 좋아 더 큰 소리로 웃었던 것 같다.

다 내려와서 생각해 보면 그날 간 성주봉은 마치 시집가서 잘 살고 있는 친정 언니 집을 다녀 온 느낌 같았다. 편안하고, 흐뭇하고, 그리고 넉넉한 그런 곳. 언니를 대하듯 언니에게 잘 해주는 형부를 대하듯 보고 있으면 따듯해지는 곳, 그곳을 떠올리면 마음 놓이는 곳!

훗날 내가 어떤 분에게 그 산 얘기를 하며 그 느낌을 얘기했더니 참 적절한 표현이라며, 충분히 공감이 간다며 자신도 그 산에 대한 느낌이 나와 비슷하다고도 했다.

첫 산행이라 그럴까? 친구들과 오른 첫 산이어서 그런지 나는 가끔씩 그날 생각이 난다. 이만 하면 처녀 산행치고 아주 만족스러운 것 아니겠나?

뒷날 우리는 여러 산을 친구들과 함께 올랐지만 이 산 성주봉은 내게 은은하게, 은근하게 조용히 바라봐 주는 좋은 사람처럼 내 가슴에 있다.

그 산은 변함없이 그 모양으로 그곳에 있을 것이다. 그런 가운데 봄을 맞는가 하면 이내 여름을 맞고, 그리고 가을을 맞는가 하면 어느새 겨울이 되어 새 하얀 눈을 맞으면서 그렇게…….

# 기림사 다녀오는 길

어느 해 초여름 날, 평소에 마음이 잘 통하는 친구와 함께 하루 시간을 낸 여행을 다녀왔다. 아이도 데려가고 싶은 마음에 담임선생님께는 편지를 써서 양해를 구했다.

엄마! 4교시 하는 날보단 6교시 하는 날 갔으면 좋겠어, 라는 아이 말에 일부러 그 요일로 맞췄다. 그러고 보면 나는 참 좋은 엄마이기도 한 것 같다.

어디로 갈까? 일단은 터미널서 만나 정하기로 했다. 아침 일찍 일어나 유부초밥과 다져놓은 야채에 마요네즈를 섞어 샌드위치도 만들었다.

터미널에 미리 도착한 친구가 인터넷을 통해 갈 곳을 검색하고 있었다. 좀 알려지지 않은 곳으로 가기로 했다. 그래서 정한 곳이 경주에서 울산 가는 방향의 어느 절이었다.

경주로 가는 동안 버스 창밖에는 간간이 비가 내렸다. 하지만 우리의 염려와는 달리 경주에 도착 했을 무렵엔 비도 그치고 햇볕도 나지 않고 바람만 솔솔 불었다. 날씨까지 우릴 도왔다.

경주에서 절로 향하는 버스 안에서 우리는 신라 사람이 돼 있었다. 우리가 갈 절과 관련된 원효대사의 이야기가 나오자 요석공주, 그의 아들 설총, 김유신 장군의 어머니! 장군이 사랑한 천관녀 얘기까지…….

이런 이야기꽃을 피우는 사이 목적지에 닿았다. 절에 가려면 버스를 한 번 더 갈아타야 하는데 모르고 한 정거장 지나와서 다시 오던 길로 걸어가는데 산엔 엉겅퀴. 금은화, 이름 모를 풀꽃들이 가득하다. 정말 엉킨 것처럼 생겨 엉겅퀴, 금색 은색이 어울려 하나 된 금은화.

한쪽 건너 밭엔 감자 꽃이 예쁘다. 감자 꽃 색깔이 저랬었구나. 전엔 그냥 지나쳤지만 모든 것이 의미로 들어오는 지금의 이 나이를 사랑한다.

"목장 길 따라 밤길 걸으며 ~~"

내가 노래를 부르기 시작하자 친구는 지휘를, 딸아이는 "트랄라 폼빠 트랄라 폼빠" 하는 대목에서 목소리가 커진다.

삼거리 가게에 물었더니 절에 가는 버스를 타려면 한 시간 정도 기다려야 한다고 했다. 걸어서 가려면 빠른 걸음으로 가도 한 시간은 더 걸린다며 기다렸다 타고 가라고 일러 줬지만 에잇, 우린 그냥 걷기로 했다.

가는 도중에 모들이 옹기종기 심겨진 논두렁을 지날 때면 도랑물 졸졸졸~ 흘러내리는 소리..누렇게 넘실대며 다 익어가는 보리밭을 지날 때는 가곡 〈보리밭〉을 목청껏 소리 높여 부르고, 냇가를 지날 땐, "비바람이 치던 바다 잔잔해져오면~" 네덜란드의 전설로 전해 내려오는 청춘남녀의 사랑 이야기가 담긴 노래 〈연가〉의 사연을 아이에게 들려주며 친구는 신이 났다.

중간 정도 즈음에서는 폐교가 된 학교를 만나 그곳에서 점심을 먹고, 또 커피를 마시며 한가로이 여유를 즐겨 보았다. 조금 더 쉬고 싶은 유혹을 뒤로하고 들길을 걷는데 이번에는 산딸기를 따먹고 있는 한 아주머니를 만나 같이 몇 안 되는 산딸기를 따 먹었다. 새빨갛게 마치 어느 보석 모양과도 같은 잘 익은 산딸기를 몇 해만에 먹어 보는지…….

우리가 가기 전까지 아주머니에게 딸기를 따주시던 아저씨가 쑥스러우셨는지 뒤에서 지켜보기만 하셨다. "좀 더 있으면 더 따주고 싶은데" 아주머니가 우리를 보며 말씀하셨다.

한참 걷다가는 이번에는 또 어린 시절 많이 친근했던 뽕나무를 만났다. 뽕나무를 보는 것만으로도 반가운데 새카맣고 붉은 오디가 오롱조롱 달려 있다.

나는 어린 시절 그 익숙한 솜씨로 뽕나무 가지를 잡아당기며 돌려가며 따서는 친구와 아이 입에 넣어 주며, 어미 제비가 새끼 제비 입에 먹이를 줄 때 기분이 이랬겠지, 상상도 해 보았다.

정말 행복하다는 친구 말에 나도 행복해졌다. 오디를 너무 먹어 입술이 모두 얄궂어졌다. 서로의 모습을 쳐다보며 낄낄대며 이 모양으로 갈수는 없다고 셋이 언덕 아래 개울로 내려가서는 모두들 자신의 입술을 씻었다. 친구어머니가 좋아하실 거라며 빈 도시락에다 한가득 오디를 따 담기도 했다.

또 걷는 동안 멀리 대나무에 둘러싸인 신당처럼 보이는 집을 지날 땐 밀양의 사또 딸인 아랑이 얘기도 친구는 빠뜨리지 않았다. 어느 마을 입구에선 커다란 나무를 발견하고는 셋이 나무그늘에 누워 노래를 흥얼거려보았다. 신선이 따로 있을까?

절 입구에서 표를 파는 분께 가는 차편을 물어두었다. 아저씨는 걸어 왔다는 우리말에 의아해 하셨다.

"젊을 땐 가끔은 이런 무모함도 필요하다니깐……."

옛날 불국사를 관찰하기까지 했다는 절은 과연 오랜 역사를 말해 주었다. 평일의 한산함도 우리에게 더없는 평온함을 주었다.

자판기에서 커피를 뽑아 들고 잔디밭 앞에 있는 벤치에 앉으려는 순간 화들짝 놀랐다. 놀랍게도 잔디 정원에는 토끼 네 마리가 쉬고 있었다. 사람을 봐도 놀라는 기색이 전혀 없었다. 얼마나 평화로워 보이던지. 졸다가 심심하면 잔디를 갉아먹고, 또 졸고…….

친구랑 둘이서 평화로이 이야기를 나누는 사이 딸아이는 나무 아래에서 퍼무리고 앉아 공기를 하고 있었다. 그러다 문득 친구 눈가에 주름이 적지 않게 잡혀 있는 걸 보며 친구가 눈치 못 채게 거울을 꺼내어 내 눈도 한번 살펴보았다.

다음에 다른 계절에 또 오자는 말을 나누며 일어서니 토끼들은 어디로 놀러 갔는지 한 마리도 보이지 않았다.

삼거리까지 나오는 버스를 탔는데 기사 아저씨가 농담을 했다.

"아깐 잘도 걸어가더니 왜 또 걸어가지 그래요!"

우리 셋이 걸어서 가는 것을 보신 모양이다.

손님이라고 해봤자 우리 빼고 두어 명. 그것도 곧장 내리고 나니 우리 셋뿐이다.

종점 즈음에서는 차를 돌리고는 차에서 내린 아저씨가 한참이나 지나도 오시지 않아 쉬~ 하러 가신 것 치곤 좀 길다 했더니 놀랍게도 아저씨는 양손 가득 산딸기를 따 오셨다. 어디엔가 봐 두셨는데 우리 아이를 보니 생각나셨단다.

우리는 감격하여 서로의 얼굴을 쳐다보며 산딸기를 먹었다.

시골 버스는 이 마을 저 마을 곳곳을 누빈다. 마침 논에서는 개구리들이 앞 다투어 울어대는데 마치 내 고향을 온 것처럼 정겹기만 했다. 길가 뽕나무 곁을 지날 때는 오디를 구경하라며 버스까지 세워 주는 배려를 해주셨다.

경주로 돌아올 때는 어느덧 초여름 날 해가 뉘엿뉘엿 저물어가고 아저씨는 다음번에 여행할 곳까지 알려주셨다. 기대 했던 것보다 훨씬 더 즐거운 하루였는데 그것은 아마 걸어서, 버스로 한 여행이어서 더 했으리라.

산꽃, 들꽃, 흐르는 물소리, 잘 익은 산딸기, 아로마가 따로 필요 없는 나무 향내음 가득한 고승, 모두가 다 좋았지만 양손 가득 딸기를 따주며, 몇 안 되는 손님이었지만 '무릎 아픈 건 덜 한교?' '오늘은 좀 늦었네?' 일일이 안부를 묻는 아저씨 같은 분을 보는 것도 자연 못지않은 감동이었던 것 같다.

나무와 숲과 풀과 물과 더불어 사람도 자연의 일부가 아닐까?

그 자연가운데서 봄, 여름, 가을, 겨울을 나며 그것들과 함께 나이 들고 그리고 깊어지고 싶다.

# 마흔 즈음에

늦은 나이에 나는 피아노를 배웠다.

어느 해 여름날, 요즘처럼 장맛비가 내리던 날이었다. 그날도 서툰 손가락으로 더듬더듬 피아노 건반을 두드리고 있었다.

그날따라 선생님은 문턱에 기대 앉아 여느 날과 다르게 감상에 젖어 있는 듯했다.

"예지엄마! 나는요, 옛날에는 비 오는 날을 참 싫어했거든요."

집에 아이가 자고 있어서 얼른 레슨 받고 연습하고 가야 하는 나의 사정은 아랑곳하지 않고 내가 듣든 안 듣든 상관없이 선생님의 이야기는 계속되었다.

선생님의 이야기는 이러했다.

비 오는 날이면 어린 시절 자랐던 집 지붕에서 물이 새 방 안에 늘 양동이를 받쳐두어야 했다는 것이다. 그래서 집 안은 온통 눅눅하였고 그 상황은 다 자랄 때까지 계속 되었다고 한다. 그래서 어른이 되고 나서까지 비 오는 날이 무척 싫었단다.

그랬는데 이제 나이가 들고 보니 비 오는 날은 비 오는 대로, 더운 날은 더운 대로, 또 추운 날은 추운 대로 다 좋다는 것이다. 아무리 더운 여름날도 곧 있으면 살랑살랑 가을바람이 불어오는 것을 아는 터이니 그저 계절 오고 가는 것이 신기할 따름이란다.

그리고 고등학교 다닐 무렵에 암에 걸리신 엄마와 부추를 뜯으러 간 적이 있는데, 파랗고 조그맣게 올라오는 부추를 보며 "어머나! 정말 아름답구나." 하시는 엄마의 감탄사를 들으며 참, 엄마는 별게 다 아름다워 보이네, 싶었는데 이제 비로소 그 나이가 되니 그때 엄마가 한 말씀이 무슨 말인지 알 것 같다고, 그래서 나이 드는 것도 참 좋은 거구나 싶다고 하셨다.

그날, 학원 문을 나서며 나도 그 나이에 그렇게 될 수 있을까 하고는, 부추가 아름다워 보일 수 있을까 하며 대충 선생님의 나이를 가늠해 보았다. 아마도, 서른여덟? 마흔?

나이 든다고 해서 누구나 그렇게 되는 것은 아닐 테지만 어쩌면 전혀 그렇게 되지 않을 것도 같았지만 며칠 후, 아름답게 지는 노을을 보며 그럴 수도 있겠구나 싶었다.

그랬는데, 한참 후에 일일 것만 같던 그 나이가 어느덧 십여 년의 세월이 금세 지나 나도 이제 그 나이가 되었다. 서른 즈음도 익숙하지 않았는데 벌써 마흔이 된 것이다.

한때 특별한 이유 없이 우울하던 때가 있었다. 다름 아닌 마흔이라는 나이 앞에서. 마흔이라니, 더군다나 여자 나이 마흔이라니! 그것만으로도 우울하기에 충분했던 것이다. 그랬는데 막상 그 나이가 되고 보니 그때 선생님의 말씀이 무엇인지 나도 알 것 같다.

나무 한 그루, 풀 한 포기조차도 그 존재의 의미를 하며, 그것들이 어여쁨으로 다가온다. 그것들과 같이 기뻐하며 탄식할 수 있을 것 같다.

어떨 땐 집안 구석구석을 기어 다니는 개미들조차 귀여울 때가 있다. 봄, 여름, 가을, 겨울, 계절 오가는 것에 대한 경이로움은 두말할 것 없으리라. 그러한 마음들을 마흔 즈음 나이에 얻게 되는 것들이라면, 이보다 더한 나이엔 지금의 내가 미처 알지 못하는 어떠한 것들이 있을까?

학원에 한번 다녀와야겠구나 싶었다. 그러면서 얼마 전 교회에서 목사님을 통해 들은 그 집의 사연이 떠올랐다. 남편 되시는 분의 여러 차례 사업의 위기로 부채를 감당키 어려워 공장을 내놓고 팔리지 않아 급기야는 20년 넘게 산 정든 집을 내 놓아야 할 상황에까지 이르게 되었다고 한다.

나이 든다는 것이 반드시 거기에 비례하여 생활의 안정을 준다거나 또 결코 삶이 녹록하다는 것을 보여 주는 것은 아닐 것이다. 그러나 그러한 과정 속에서 환경은 그대로여도 사람이 변하는 것 같다. 그러한 어려움을 다 겪고 나서 여러 사람들 앞에서 그러함에도 감사하다고 고백하는 그 선생님처럼 세월과 함께 내게 주어지는 것들을 순순히 받아들이며 그것들에 순종하면서 만족이라는 것을 누려보게 되는 것 같다. 그리고 어린 날과 비교해 본다면 그전과는 달리 그런 나 자신을 많이 사랑하게 된 것 같다.

나는 여전히 예전과 다름없이 바보스럽고 연약하여 그런 나 자신을 바라보며 때때로 절망하기도 하지만 그런 나를 누구보다 더 이해해 주며 격려해주는 친구가 되어가고 있는 것을 느낀다. 그저 무심히만 흐르지 않는 세월이 내게 준 선물이다.

인생의 황혼이 되어서 뒤를 돌아보면 가장 다시 돌아가고픈 시절이 바로 사십대라고 한다. 이십대의 그 고뇌, 방황의 시절보다 삼십대의 그 분주하기만 한 시절보다 만족을 누리며 그제야 편안히 살줄 아는 사십대로 돌아가고 싶어 한다고 한다. 그래서 마흔이 되고보니 나는 이 나이가 좋다.

그 맞고 싶지 않던 마흔이란 나이를 기꺼이 좋아하게 되었다. 그사십대를 앞으로 십 년을 더 누릴 수 있다니……. 더군다나 내 사랑하는 친구들과 함께 말이다. 그래서 기쁘지 않을 수가 없다.

# 꽃사슴

작년 겨울이 시작될 무렵엔 거울 속의 내 얼굴을 가만히 들여다 보게 되었다. 거울 속의 나는 피로하고 생기라고는 없어 보이는 얼굴이었다. 그러다 보니 눈은 움푹 들어가고, 피부 또한 탄력을 잃어 몇 년에 비하면 훨씬 나이가 들어 보였다.

이게 지금 나의 모습이구나! 하며 쓸쓸해하고 있던 차에 집에 놀러 온 두 친구 중 한 명이 "너 몇 년 전에 비하면 많이 늙었다." 하며 안타까워했다. 또 다른 친구 또한 자기도 그리 느꼈다고 했다. 그래, 그럴 테지. 내 보기에도 그런데 누구도 알아 볼 수 있는 내 모습이겠구나 생각했다.

그러다 그게 다는 아니지. 다만 내게는 시간이 필요할 것이라고 여겼다. 나는 노화가 자연스러운 거라면 그 뒤에 오는 회복과 재생 또한 믿는다며 나 자신을 위로하고 그 뒤에 오는 시간에 나를 맡겨 보아야겠구나 생각했다.

그렇다. 나는 재생을 믿고 회복을 믿고, 그리고 내 상상력을 믿었다. 그러면서 그 무렵 쓰던 일기장 맨 앞면에다가 재생을 위해 내 스스로 자기 암시를 할 수 있는 말들을 적어 보기로 했다. 이를테면 그 동안 살아오면서 사람들에게 들어온 내 젊음에 관한 말들이었다.

맨 먼저는 나를 맨 처음 만난 날, 나를 보며 아이 아빠가 해 준 '나이 들어도 잘 안 늙을 것 같네요.'라는 말부터 시작해서 몇달 전 학교에 시험 감독 갔다가 아이와 함께 밥 먹으러 가는데 길에서 만난 아이 친구가 한 '니네 엄마 굉장히 젊더라'는 말까지 쭉 적어보았다. 그러면서 일기장을 펼칠 때마다 되뇌어 보면서 스스로에게 암시하기로 했다. 그것은 꽤 괜찮은 방법 같았고 내가 다시 회복되는 느낌이었다.

그러다 며칠 뒤에 떠오르는게 있었는데 다름아닌 '꽃사슴'이었다.

꽃사슴! 이것보다 그 시기에 나를 살아가도록 하는 데 더 적절한 것도 없겠구나 싶었다.

몇 년 전 추석을 앞둔 어느 날 밤이었다.

그날은 웬일인지 수요예배를 드리고 친한 집사님과 경북대를 산책하고 있는데 같은 동네에 살고 있는 동기한테서 전화가 왔다. 좀 먼 동네에서 살고 있는 친구가 우리 동네에 놀러 왔다며 밥 안 먹었으면 같이 저녁을 먹자고 했다.

산책을 끝내고 오라는 장소로 갔더니 두 친구와 함께 낯선 분이 함께 계셨다. 원래 낯가림이 심한 나는 속으로 에이, 낯선 분이 계시면 부르지 말 것이지, 하며 속으로 생각했다. 그런데 그분이 나를 보자마자 "어, 정말 꽃사슴이네!" 하시는 게 아닌가. 나는 이건 또

뭔 소리야! 하면서도 웃음이 나와서, 아니 기분이 좋아서 낯설고 쑥스러운 마음들이 일순간에 사라져버렸다.

그러고 보니 이 친구에게서 여러 번 얘기를 들은 적 있는 그 선배님이 아니냐고 물어보니 잘 알아 맞혔다는 것이다. 친구가 만날 때마다 자주 선배님, 선배님, 하며 얘기를 해준 분이 있었는데 나는 그 이야기를 들을 때 아니, 여자들도 아니고 남자 둘이서 뭐 그렇게 할 얘기가 많고 재미있나 의아해 했었는데 바로 그 선배였다.

그런데, 그날 보면서 친구가 왜 그랬는지 충분히 이해가 가고도 남았다. 그분은 사람을 말 할 수없이 편안히 대해 주시고, 그리고 워낙 박식하셨다. 거기에다 사람을 척 보면 그 사람에게 뭐가 필요하고 어떤 위로가 필요한지도 단번에 알아채는 분 같았다.

그 즈음 나는 나의 어떤 부분 때문에 아파하고 있었는데 그걸 알아보기라도 하신 듯, 나를 보자마자 단번에 그 말씀부터 해 주시는 거였다. 참 희한한 분이셨다.

조금 있다 그날 멀리서 온 한 친구는 술이 많이 취해 일찍 가고 세 사람은 재미난 얘기들을 많이 나누었다. 그중엔 선배가 서정주의 〈국화 옆에서〉의 시에 담긴 사연을 들려주기도 했는데 '거울 앞에 선 내 누이 같은 꽃이여!' 할 땐 절정에 다다랐던 것 같다. 그 얘기는 그날, 그 초가을 달밤과 매우 어울리는 이야기이기도 했다.

그런 후 몇 달이 지난 뒤 어느 날, 그 선배를 다시 만나는 일이 생겼다. 군위에서 사슴 농장을 하는 친구가 있는데, 해마다 사슴뿔을 자를 무렵인 6월이 되면 친구들을 부른다. 무엇을 먹으라고, 아니 마시라고!

152

그래서 친구 몇 명이 함께 군위를 가게 되었는데 동네 친구는 그 선배님 가족과 함께 오게 된 것이다. 선배님은 나를 잊지 않으시고 보자마자 "꽃사슴!" 하고 부르시며 반가워하셨다.

그리고 군위 친구 집에 도착해서 그분의 가족들과도 인사를 나누게 되었다. 부인되시는 분이 나를 보며 아, 이분이 그 꽃사슴이구나, 하셨다. 그 꽃사슴이 생각했던 것보다 수수하게 생겨 기분이 좋으셨는지 동지를 만나기라도 한 듯 편안히 내게 말씀하셨다.

"그날 우리 남편이 집에 돌아와서 얼마나 얘기를 많이 하든지요. 나 오늘 꽃사슴이랑 생맥주 한잔 했다. 꽃사슴은 어떻고, 꽃사슴은 어떻고……."

나를 만나고 집으로 돌아가셔서 내 얘기를 많이 하셨다는 것이다.

그러더니 대뜸 남편을 보면서 "근데 여보! 꽃사슴이 꽃사슴 피를 먹으면 어떻게 돼?" 하신다.

그러자 선배님은 "아! 꽃사슴이 꽃사슴 피를 먹으면 안 그래도 피부가 고운데 더 고와지고 예뻐지겠지!"라며 싱긋 웃으셨다. 부부가 함께 기분 좋게 웃었다.

그 흐뭇함 부부를 보며 나도 참 기분이 좋았는데 이제 누가 나에게 꽃사슴이라고 불러줄까. 어쩌면 이제 꽃사슴이라기보다는 꽃이 떨어진 잎사슴이 더 어울릴지 모른다고 속으로 피식 웃어보다가 그래도 풀밭에서 뛰어다니는 눈망울이 커다란 사슴이 되어 보는 상상만큼 나를 싱그럽게 해줄 것도 없겠구나 싶었다.

꽃사슴, 백설공주 피부!

그 선배님이 나에게 붙여준 별명인데, 여자에게 그런 표현보다 더 큰 선물이 있을까 싶다. 수더분하게 센스하고는 거리가 멀게 생기신 분이 그런 선물을 주실 줄이야!

그날 맥주를 한 잔씩 하고 집으로 돌아오던 길에 셋이서 마구 떠들던 생각을 하면 오랫동안 기분이 좋았다. 만나고 나면 한 열흘 정도는 기분이 좋아진다고 '열흘맨'이라 불러 주고 싶다며 내가 지은 선배의 별명을 친구는 아마 잊어버리고 전하지 않았지 싶다.

헤어질 때 두 사람이 하이파이브까지 하며 즐거워하던 것을 보며 쟈가 쟈가! 마치 지 선배인 줄 아나 보네, 하는 표정으로 웃으며 두 사람을 지켜보던 친구는 아마도 그랬지 싶다.

아, 그리고 나 꽃사슴은 오래지 않아 다시 살아났다. 내 상상대로 풀밭을 마구 뛰어다닐 만큼 건강하고 토실토실해졌다. 누가 뭐래도 내가 그렇다고 느끼면 그런거니까!

# 나무면 좋겠다

우리 집 거실 한쪽에는 벤자민 한 그루가 있다. 좀 볼품없이 생긴 데다, 거기다 어느 무렵부터는 자라지도 않은 채 몇 년 동안 같은 크기로 있는 나무이다.

어느 해인가, 집에 놀러 온 친구들에게 못생겼다고 흉을 보았더니 그 말에 대한 몸짓이기라도 하는지 늘 같은 모양으로 있다.

그리고 뜰에는 모과나무 한 그루가 있다. 아랫집 사람들은 이 나무 때문에 아주 불만이 많기도 하다.

일층에서 보면 둥치만 보일 뿐인 이 나무에서 봄에는 꽃잎이, 가을에는 낙엽이 떨어져 쓸어내기 귀찮다고 엉기를 내지만 이층에 사는 나는 이 모과나무 때문에 자주 감탄을 하고는 한다.

분홍빛 꽃이 탐스럽게 핀 봄부터 시작해서 하얀 눈이 나뭇가지에 쌓인 겨울까지 이 나무 한 그루로 인해 나는 말할 수 없을 만큼 많은 정서적 풍요를 누릴 수 있기 때문이다.

바깥을 보기 위해 창을 내다보게 되면 언제나 정면에 보이는 것이 이 나무인데, 어느 무렵 내 마음이 좀 힘들거나 고통스런 순간이 오기라도 하면 나는 의자에 앉아 찬찬히 이 나무들을 바라보고는 한다. 그리고 나 자신이 나무가 되었다고 여겨보며 이 말을 떠올려 본다.

'나무 한 그루가 살아가도록 하기 위해 하늘은 햇볕을 주시고 비를 내려 주시고 순간순간 바람이 불게도 하신다. 바람으로 인해 나무는 잠시 흔들리게 되어 겁을 먹기도 하지만 사실은 바람이 흙속에 있는 병충해를 날려 보내기 위해서 분다는 것을 몰랐기 때문이다.'

이 말을 떠올려 보면서 잠시 나에게 온 고통을 바람이라고 여겨보는 것이다. 그러면 정말 나무에게 불었던 바람처럼 내게 온 고통들도 머잖아 사라지고 그 바람으로 인해서 흙속에 있던 병충해를 날리듯, 미처 내가 몰랐던 해로운 것들을 날려 보내고 지나가는 것이다.

나는 그 사실을 깨달으며 햇빛과 비와 바람을 주시는 분에게 감격한다.

오래 전부터 좋아하는 성경 말씀이 있다. 바로 나무를 비유로 든 이 말씀이다.

'천국은 겨자씨만 한 씨앗이 자라 나물이 되고 나무가 되어서 공중에 새들이 와서 그 가지에 깃드는 것이다.'

천국이란 겨자씨만 한 씨앗이 자라 나무가 되고 그 나무에서 가지들이 뻗어 새들이, 그러니까 뭇 영혼들이 와서 쉼을 얻고 위로를 받는 곳이라고 했다. 사람이 한 그루 나무처럼 잘 자라 쉼이 필요한 여러 영혼들에게 안식처가 되어 주는 곳, 그곳이 천국이란다.

몇 년 전에 이 말씀을 듣고 감격해서 나도 그런 나무가 될 수 있기를 소망해 보았다. 나무에서 가지가 뻗어 잎이 무성해지고, 그 가지로 뭇 사람들에게 쉼을 제공해 주는 나무가 될 수 있었으면 하고 바랐다. 나는 할 수 없지만 예수님이 함께 하시면 그런 나무가 될 수 있으리라 믿었다.

그랬었는데 나의 나무는 미처 자라기도 전에 가지를 뻗어내기도 전에 쉽게 부러지고 상처가 나곤 했다. 나도 모르는 사이 내 노력으로 자랄 수 있으리라고 여겼기 때문일까? 온전히 하늘을 향해서 서 있지 못한 까닭이었을까?

그때마다 나는 참 연약한 인간이구나, 생각했다. 그리고 누구보다도, 누구 못지않은 죄인이구나, 고백하게 되었다.

그런데 어느 때인가부터 그런 고백을 할 때마다 내 마음이 이상하게도 감격스러워지는 것을 느끼게 되었다. 내 안에서 희망같은 것이 움터 옮을 느꼈다. 희망 같은 것이 움터오는 것 같았다. 지금보다 더 젊은 날엔 금세 절망하고는 했는데, 나이 든 지금 그런 고백을 할 때마다 아, 나는 지금 제대로 살아가고 있나 보다며 오히려 안도의 한숨을 짓게 되는 것이다.

마침 다행히도 내 주위에는, 내가 아는 사람 중에는 그런 나무 같은 사람들이 있다. 내게 쉼과 위로가 필요할 때 떠올리는 것만으로도 휴식이 되어 주는 사람들!

그들은 마치 견고히 든든하게 뿌리를 내린 흔들림 없는 나무 같은 사람들이다. 그 그늘에서 여러 사람을 쉬게 해 주는 나무. 혹여 그들은 먼 곳으로 이사를 가게 되었다 하더라도 그 나무됨은 변함

없었다.

나도 그들처럼 그런 나무가 될 수 있을까?

어쩌면 지금까지 그래왔던 것처럼, 그리 되지 않더라도 조그마하게 희망을 품어 볼 수 있는 것은 하나님은 연약하고 보잘 것 없고 미련한 자를 사용하신다고 하신 까닭이다.

그리고 내가 좋아하는 공지영 작가가 한 말을 떠올리기도 한다.

'강한 것은 생명력이 없어! 약하고 여리고 상처 잘 받는 것은 생명의 본질이야!'

나는 다시 나무가 되는 꿈을 꾸어본다.

다시 상처가 나서 가지를 뻗기도 전에 상하게 되더라도 지금까지는 잘 부러졌지만, 설사 또 넘어지게 되더라도 그 나무가 되기를 소망해 본다. 미처 자라나기도 전에 상처가 난 나무에 살이 돋아나기를 기다리고 있는 지금, 내겐 그 꿈만이 앞으로 살아 갈 희망으로 여겨지기 때문이기도 하다.

잘 자란 나무 한 그루에는 사람뿐만이 아니라 개미, 풍뎅이, 나방들까지 와서 살다가고 쉬다 가게 된다고 하니 얼마나 멋진 일이기도 한가?

# 내 오랜 그녀

'달아! 노피곰 도다샤······.'

지난 추석 다음 날, 이 근처가 친정인 친구와 동네를 거닐다 밤하늘에 휘영청 밝은 보름달을 보며 감격에 겨운 나머지 친구가 읊은 시이다.

잠시 우리는 백제 시대 행상인의 아내가 되기라도 한 듯 애달픈 심정으로 달을 바라보았다.

친구는 뒤늦게(마흔) 낳은 둘째 딸아이를 뒤로 엎은 채로······.

아마 이래서 나는 이 친구와 더 가까워질 수 있는지도 모르겠다. 그래서 세월이 지날수록 깊어지는 사이가 되어가는 것일 게다.

몇 년 전에 아이들이나 읽을법한 동화로 더 유명한 루시 모드 몽고메리의 『그린게이블즈 빨강머리 앤』을 친구와 함께 재미나게 읽은 적이 있다.

그래서 그 무렵부터 지금껏 우리는 가끔씩 서로에게 그 소설의 주인공인 것처럼 서로에게 앤과 다이아나로 불러보기도 한다.

나는 앤, 그리고 그녀는 앤의 단짝인 다이아나가 되는 것이다.

"다이아나! 우리 자작나무 숲 근처(복현 오거리)에서 만나."

이렇게 문자를 보내면 멀리서도 나를 알아보고는,

"오, 앤!"

하며 반갑게 손을 흔들어대는 친구! 그런 유치함에 익숙한 두 사람. 이런 우리 두 사람을 보며 내 딸아이가 놀리곤 한다.

이모는 외모도 다이아나를 닮았는데, 엄마는 하나도 앤을 닮지 않았다고 말이다. 앤은 빨강머리, 주근깨투성이에다 그리고 무엇보다 말라깽이였으니까.

이렇게 그녀는 내가 일하는 곳에 손님으로 오게 되어 나와 친구로 지낸 지가 어느덧 십여 년이 되었다.

그녀와 내가 친하게 된 계기는 일단은 내 아이 때문이었다. 내 아이를 대하는 그녀의 마음이 예뻐서 이모가 없는 아이에게 친 이모와도 같은 아니, 그 보다 더 좋은 이모로 대해주는 그녀의 마음이 고마워서였다.

두사람의 오랜 관계를 지켜본 내 딸은 아무래도 이모는 하나님이 엄마한테 보내준 선물이지 싶단다.

그 말을 듣고는 기분이 좋아져서 또 한편으론 아이에게 으스대고 싶은 마음에 "응, 엄마도 그리 생각해. 그리고 어쩌면 엄마도 이모에게 하나님이 보내신 선물일지도 몰라." 하고 농담을 했더니만 아이는 절대로 그건 아닌 것 같단다. 그건 억지란다.

물론 그건 웃자고 한 말이었지만 그 속에는 나의 작은 소망도 들어 있었다. 누구 못지않게 행복하게 사는 친구이지만 그 가정에 하나님을 만나는, 그런 축복을 친구가 받게 되면 얼마나 감사할까, 하는 나의 바람이 들어있었기 때문이었다.

그랬는데 그 부분에서는 전혀 무심한듯해 보이던 그녀가 작년부턴 제 발로 교회엘 나가게 되었다.

주말에 친정에 와서 내가 출석하는 교회에 가서 함께 예배를 드릴 땐 감격에 겨워 어찌나 눈물이 나던지……. 옆에 앉은 친구에게 조금은 부끄럽기도 민망하기도 하였다.

나의 그녀에 대한 소망의 이루어진 셈이다.

한편 내 아이도 오랜 시간 동안 친구를 예사로 보아오진 않았다.

아이에게는 그녀가 삶의 모델이라고 한다. 이모처럼 살고 싶단다.

그도 그럴 것이 가정 형편이 여의치 않아 학업을 계속하지 못한 친구는 서른 중반이 넘어, 그것도 임신한 채로 대학에 편입을 해 졸업할 때는 과 수석도 아닌 전체 수석으로 졸업을 해 주위 사람들을 자랑스럽게 하기도 했었다.

그런 그녀가 남편의 해외 근무지로 가는 바람에 잠시 내 곁을 떠난 적이 있다.

나는 가까이 있을 때부터 진즉에 알아봤지만 무엇보다 그녀는 내게 더할 나위 없는 지지자였음을 알게 되었다.

언제나 나를 지켜봐주고 믿어주었으며 내가 잠시 건강한 생각을 하지 못한 상황이더라도 바로 잡아 주려고 애쓰기보다는 이해하며 기다려 주었던 것이다. 물론 그녀의 조언이 아니었더라도 내 생각을 바로 잡는 데에는 그리 오랜 시간이 필요하지 않았다. 그녀는 그것을 잘 알고 있었던 것이다.

그러니 그녀를 통해 누군가에게 지지자가 되어주는 것이 얼마나 큰 힘이 되고 위안이 되는지 알게 되었다.

나 또한 그녀처럼 내 주위의 사람들에게 그런 사람이 될 수 있길 소망해 보기도 한다.

잠시 길을 걷다가, 또는 밤하늘에 떠있는 별을 쳐다보며 운동장을 돌다가 문득 내가 아는 주위의 사람들을 떠올려 볼 때가 있다.

그중 나와 특별히 소통이 되는 몇몇 사람들, 적어도 내가 하는 일에서, 그리고 나의 신앙생활에서 그리고 그 모든 것들과 함께 할 수 있는 그녀가 있다는 사실은 나를 흐뭇하게 하며 또한, 내가 사람들과 좋은 관계를 맺을 수 있으리라는 걸 믿어보게 된다.

그런 그녀를 나는 내가 좋아하는 가수이 문세의 노래 제목처럼 〈내 오랜 그녀〉로 불러본다

# 봄꽃을 보며

벚꽃이 꽃망울을 맺었나 싶더니 봄 햇살이 좋다 싶은 며칠 사이 활짝 피어버렸다. 정말 봄꽃은 믿을게 못된다. 더군다나 벚꽃은 더더욱!

일하는 사이에 잠시 누워 있거나 책을 읽는 사이 금세 꽃이 져버릴 것 같은 조바심을 느끼게 해 마음을 놓지 못하게 만든다.

어제 오늘 같은 날씨에는 은행에서 만난 우리 손님 말씀처럼 이런 날 집에 들어앉아 있는 사람은 '바보' 취급을 받기에도 딱 좋다.

그래서 어제 저녁 무렵에는 경북대 후문 근처에 있는 가로수 벚꽃 길을 거닐기 위해서 설레는 마음으로 가 보았다.

누가 그랬나? '벚꽃은 누가 뭐래도 밤 벚꽃이지' 라고, 밤 벚꽃이 가장 예쁘다고!

그랬다. 황홀할 정도로 예뻤다. 정말 어느 소설에서 누군가 말한 것처럼 '눈의 여왕' 길이었다.

그러다 작년 이맘 때 즈음 그 길을 거닐던 때를 떠올려보았다. 그때는 벚꽃이 지고 있을 무렵이었는데 살짝 부는 비바람 때문에 꽃잎들이 꽃비처럼 흩날리고 있었다.

그날 조금 먼 동네에 사는 친구를 만나기 위해 버스를 타러 갔는데 일부러 두 정류장을 걸어서 갔다. 꽃비를 맞으며 이런저런 상상들을 하면서 말이다. 벌써 1년 전의 일이다.

강 건너편에는 노랗게 개나리가 피어있고 바야흐로 봄이 맞긴 맞나 보다 했다. 봄이 오긴 왔나 보다.

오전엔 서문시장을 다녀오게 되었는데 짐이 무거워 올 때는 택시를 타고 오게 되었다. 기사 아저씨는 말을 건네 봤자 하나마나 멋쩍을 나 같은 사람한테 혼잣말 같은 말씀들을 하셨다. 기름 값이 어떻고, 방사능이 세금이, 물가가 어떻고 등등.

그러다 경대교를 지날 무렵에는 아저씨 눈에도 화사하게 핀 벚꽃이 눈에 들어오셨는지 그때야 봄 얘기를 하신다,

"꽃이 하마 다 피었네요."

곧 이어서 그럼 뭐 하냐고, 내일 모레 전국적으로 내린다는 비로 다 지고 말 텐데, 라며 어젯밤, 내가 밤 벚꽃을 보며 조바심을 느낀 거와 비슷한 말씀들을 하셨다.

나는 속으로 어제 그 생각을 다시 해 보았다. 꽃은, 봄꽃은 믿을 게 못 된다, 라고. 너무 아쉽게 해서, 그리고 너무 설레게 하고는 금방 져버려서 나도 아저씨처럼 그럼 뭐 하냐고 하고 싶다. 차라리 꽃핀 뒤에 나오는 잎이 더 좋다고 하고 싶다.

천천히 느릿느릿, 연한 초록빛으로 나왔다가 점점 커지면서 짙은 녹색으로 자라면서 여름, 가을 내내 무성한 그늘을 제공해 주는 잎

이 더 좋다. 너무 순식간에 피었다가, 감동시켰다가 져버려서 설렘과 아쉬움만 주고 간 꽃 때문에 미안해서 마음 달래 주려고 나온 것같이…….

그러고 보면 사랑도 그런 것이 아닐까 싶다.

봄처럼 설레고 부풀고의 감정은 봄꽃처럼 잠시잠깐이 아니겠나? 봄 아지랑이처럼…….

얼마 전 우리 손님에게서 들은 얘기인데 그분이 만나는 남자 친구가 늘 한결같이 자신을 만나고 싶어 하고 만나면 최선을 다 하는 이 여자 친구에게 그 남자가 그랬단다.

"니는 내가 그리 좋나?"

그래서 그분이 이렇게 대답했다고 한다.

"의리 지킬라고 안 그러나!"

정말 그런 거 같다.

그 여자 친구가 해 주는 사랑 같은(?) 감정에 흠뻑 도취되었을 그 남자 친구는 감히 그 여자 친구의 깊은 마음을 짐작이나 해 보았을지 모르겠다.

살아 보니 사랑이라는 이런 값싼 표현의 감정보다는 의리나 우정 같은 것들을 더 추구하게 되는 것도 사실이다.

그건 아마도 더 미더워서가 아닐까 싶다. 그런 것들은 상처 받을 염려가 덜 해서일 수도 있겠지만 그것보다는 덤덤하지만 있는 듯 없는 듯 늘 그 자리를 지키고 있을 듯한 그 미더움이 좋아서 말이다.

금세 피었다가 여린 봄바람에도 휙 사라지는 봄꽃보다 그 자리에 나온 잎이, 그 무성한 잎과 그늘이 나이가 들수록 더 좋다. 의리나 우정이 나이가 들수록 귀하게 여겨지는 것처럼……. 하지만 이 또한 금방 져버릴 벚꽃 때문에 심술부려가며 애써 가져보는 위안일지도 모르겠다.

하기야 벚꽃이나 목련꽃 같은 봄꽃들만 있는 것도 아니다. 우리집 뜰 앞에 모과 꽃은 두고두고 오랫동안 피어서 나를 느긋하게 감동시키는 봄꽃들도 있으니 괜찮다.

# 나이 들면서의 행복

2년 전 즈음이었나?

아는 사람으로 인해 어떤 분들을 만난 적이 있다.

살면서 가끔씩 그때 그분들에게 들은 말이 생각나곤 한다. 공감이 가서일 것이다.

그때 어떤 분이 말씀하셨는데, 그분은 국문학(고전문학) 강의를 하시는 교수님이셨다.

자신이 강사로 있던 시절에, 자신의 수업(한문)을 들은 일반인 중 한 분이신 오십대 초반의 한 여인이 어느 날 자신을 찾아오셨다 한다. 그러고는 천만 원의 돈을 이분에게 내놓으시더란다. 놔두었다가 필요한 곳에 그 돈을 쓰시라며……

아니, 왜 그러시냐고, 무슨 영문으로 이러시냐고, 놀라면서 극구 사양을 했지만 기어이 주시고 가셨다고 한다. 정 그러면 전에 이야기한 어느 후배를 위해서라도 써달라시며……

그분이 수업 중에 자신의 후배 이야기를 몇 번 하신 적이 있단다.

조실부모한 한 후배가 있는데 참 성실하고 착하다고. 그 후배 얘기를 하셨는데 그걸 잊지 않고 기억하시고 계시더란다.

그래서 하는 수 없이 천만 원의 돈을 받아 통장에 넣어두고 그후배를 자신이 데리고 있으면서 후배를 키우는 일에 그 돈을 쓰고 있는 중이라고 하셨다.

그런데 그 돈을 주고 간 여인은 그런 돈을 선뜻 내놓을 수 있을 만큼 잘산다거나 하는 그런 형편의 사람도 아닌 그냥 고만고만하게 사시는 것으로 안다고 하셨다.

그래서 그 후로 해가 바뀔 때 즈음 안부 전화를 드리면 그분은 왜 전화했느냐고 하시면서, 일부러 전화하지 않아도 된다고 그다지 달가워하지 않으신다고 했다. 행여 자신이 준 그 돈 천만 원이 이분을 부담스럽게 한 건 아닐까, 하는 마음에서 그러시는 것 같다고 잊어버리고 살라고 하신다는 것이다.

그때 그 말을 듣고는 "그분 참 멋진 분이시네요." 라고 내가 말했더니 그분이 "맞습니다." 하시며 고개를 끄덕이셨다.

그 여인이 어떤 마음에서인지 짐작이 갔다. 내가 언뜻 뵈어도 그분은 그런 마음이 들게 할 분이셨다. 물론 그 전에 그분에 대해 여러 번 이야기를 들은 적도 있지만 말이다.

그 일은 그 후배에게 도움도 되었겠지만 이분에게는 얼마나 힘을 실어주는 계기가 되었을까 싶었다. 자신을 믿어주고 기대하는 사람들이 있다는 것은 참 뿌듯한 일이니까.

그 여자 분에 비해 나는 아직 어리지만 나도 가끔씩 주위에서 그런 사람들을 보는 행운을 누릴 때가 있다. 자신이 하는 일에 뚜렷

한 사명이 있고, 또 나름 훈련이 되어있고 성실함은 물론 말할 것이 없으리라.

그런 사람을 보면 북돋아주고 싶고, 격려해주고 싶고 흐뭇한 지지자가 돼 주고 싶다는 마음을 갖게 된다. 나보다 나이가 저 아래인 사람을 보면 더 더욱 말이다. 나야 뭐 아직 돈 천만 원은커녕 마음으로밖에 할 수 없지만……

행여 그런 마음이 오해를 사게 되어서는 안 되니까 조심스레 살짝만 드러내 보일 수밖에 없지만 그런 사람들은 그 마음들을 분간할 줄 아는 사람들이어서 곤란한 상황에 처하는 일은 없어서 다행이기도 한 것 같다.

그래서 아랫사람들을 보는 흐뭇함 같은 거, 이건 예전에 가져 볼 수 없는, 조금 나이 들어 느끼게 되는 행복감 중 하나이기도 하다.

이런 마음들은 비단 나만 그런 게 아니라 다른 사람들(여자들)에게서도 발견하게 되는 것들이다.

며칠 전 주일날 저녁 무렵에 오랜만에 아는 분을 만나 함께 경북대에 갔다.

학생회관에서 둘이 차를 마시며 한참동안 얘기를 나누었는데 이분이 예나 지금이나 도무지 나한테는 말할 기회를 안 주시는 거다. 정확히 나보다 나이가 11살이 많은 중연의 여인이고 보니 다음 날 떠올라 잠시 생각해 보니 살짝 서운하기도 하였다.

아니 그 정도 나이가 되면, 더구나 오랜만에 사람을 만났으면 자신보다 한참 어린 사람한테 어떻게 사는지 안부를 묻고, 어떤 일로 행복하고 힘겨운지에 대해 관심 정도는 가져야 하는 것이 정상이지 않나 하는 아쉬운 마음이 들었다.

내가 겨우 질문한, 결혼하기 전에 연애를 해 본 적 있느냐는 물음에 '있지요!' 라고 대답하시기에 기대를 했더니만 거기에 대한 사연들은 나올 기미가 보이지 않고 줄줄이 사탕 매달려 나오듯 들뜬 상태로 주위 남자들 한 사람 한 사람 얘기는 다 나오면서 말이다(아마 연애는 못 해보셨나 보다 생각했다).

물론 그분도 나처럼, 자신이 지지자 역할을 해주고 싶어 하는 상대들이다. 나도 아는 사람들이고 그분보다 한참 나이 어린 사람들.

그래서 이런 게 아마 여자인가 보구나 싶었다. 누군가가 어떤 좋은 일을 하더라도 동성보다는 이성의 눈엔 더 빛나 보이는 것! 그래서 그것들을 더 흐뭇한 눈으로 바라보는 것!

그래도 나는 그 나이에 그 정도까지 주책없는 여인이 되지는 않아야 할 텐데, 라는 생각이 들었다. 한편으론 주책없어도 자신이 무척 행복하다는 데야 어쩔 수 있겠나 싶었다.

그것은 마치 낮게 흐르는 시냇물 위를 비춰주는 햇살에게 반짝이는 것을 멈추라고 하는 것과 똑같은 것일지도 모르겠다.

## 여자이니까

    사랑에는 나이가 없다고 한다. 아니, 꼭 사랑이라기보다는 설렘이나 두근거림 등 이런 감정들을 모두 뭉뚱그려 사랑이라고 표현한다면 말이다.

    우리 집에 오시는 손님 중에 예순이 넘으신 젊은 할머니가 있다. 어느 절에 계시는, 당신보다 스무 살도 더 어린 스님을 좋아하신다는 분이다.

    내가 글에서 여러 차례 이야기한 적도 있다.

    오래도록 그분의 그 사랑이야기를 들으면서 언제까지 들어드려야 하나, 언제 즈음이면 잠잠해질까, 생각했다. 도무지 별 사연 없는 그 진전 없는(?) 사랑 이야기에 더 이상 해줄 말이 없었기 때문이다.

    그러나 그 설레는 감정도 2년이 지난 어느 무렵부터는 서서히 사그라지기 시작했다. 불씨가 꺼져가기 시작한 것이다. 눈앞에 아른거리던 그 얼굴이 이제는 떠올려 보아도 더구나 바로 눈앞에 그가 서 있어도 담담해져간다는 것이다. 그다지 가슴이 뛰지 않는다는 것이다.

제대로 한번 타본 적도 없고, 그저 조용히 따스한 온기만 내다만 자그마한 불씨와도 같았던 사랑은 그렇게 식어가고 있었다. 혼자 몰래 느끼며 또 마음을 드러내지 않고 아니, 드러내서도 안 되는 짝사랑과도 같은 사랑이 그러하듯 흔적 없이, 그래서 다행히도 상처는 없이 원래의 제자리 자기 일상의 마음으로, 평온으로 돌아가는 것이다.

그러면서 점점 더 말수가 줄어들고 침묵 속으로 빠져드는 듯 보였다. 애당초 이건 사랑이라기보다는 들뜸이라고 하는 편이 맞는지도 모르겠다. 다만 그 자리에 자그마한 기억만은 남을 것이다.

살짝 아픔 같은 것이 지나간 기억이 어느 날 문득 떠오를 것이다. 그것을 알아챘다면, 그 불씨를 제공한 이가 그 마음을 눈치 채었다면 그도 아마 잠시 쓸쓸해 할 것이다.

'사랑합니다'의 반대말은 '사랑했어요'라고 하지 않는가?

참 쓸쓸하게도, 서글프게도 하는 그 말이 가슴에 와 닿았을 것이다. 영원한 것은 없다는 것을 아는 까닭에 그다지 기대는 하지 않았더라도 그것을 지켜보며 아무렇지는 않았을 것이다. 그도 외로운 사람이었으니까, 아니, 인간이기 때문에 외로운 존재라는 것을 피해갈 수는 없었을 테니까.

그러나 그로서는 할 수 있는 아무것도 없다. 그냥 묵묵히 받아들일 수밖에 없는 것이다. 표현하지 못하고 그저 속으로 묵묵히 바라만 보는 사랑!

자기 혼자만이 아는 마음, 이런 사랑의 수명은 대개 3년이라고 한다. 나도 어느 분에게 들은 말인데 참 맞는 말인 것 같기도 하다.

이런 사랑을 한 번도 해 보지 않은 사람도 있을까? 짧지만은 않은 인생길에서, 더구나 여자라면 말이다.

예전에 어느 책에서 읽은 내용인데 나는 가끔 이 이야기가 떠오른다.

기자 출신의 어느 남자가 쓴 책인데 이분은 시를 곧잘 써서 등단 시인이기도 했다.

이분이 글을 맘껏 써 볼 요량으로 지리산 기슭의 어느 마을에 낡은 집을 한 채 마련했다고 한다. 아내와 아이들은 서울 생활을 하며 이분만 서울과 지리산을 오가며 생활을 하고 있는 중이라 했다.

자신의 시골집 바로 옆집에는 일흔이 넘으신 한 할머니가 홀로 살고 계셨다고 한다.

자신이 집을 비운 사이 갑작스레 소나기라도 내리는 날이면 옆집 할머니는 빨랫줄에 널린 빨래들을 걷어서 개켜서 마루 위에 가지런히 두는가 하면 이런저런 비 청소들을 해 주신다는 거다.

그래서 그 답례로 도회지를 다녀 온 후나 어떤 먹을거리가 생겨서 할머니께 갖다드리면 할머니는 그냥 빈 그릇을 가져오는 법이 없으셨다고 한다. 어떤 과일이 담겨 있거나 과일 철이 아니면 꼭 감잎 두 장을 그릇 위에 얹어 온다는 것이다. 봄이면 연초록의 감잎이 놓여 있고, 여름이면 진녹색의, 그리고 가을에는 빨갛게 단풍이 든 잎이.

그러면 그 시인은 그 감잎이 귀하게 여겨져 책갈피로 쓰거나 아니면 감잎차로 우려내어 마신다고 했다.

그리고 자신이 집에 있을 경우 할머니가 이 시인의 집을 찾아올 일이 생기면 어떤 경우라도 불쑥 들어오는 일이 없으셨다고 한다. 골목 입구에서 헛기침을 하거나 해서 인기척을 낸다는 것이다. 나이차가 많지만 그래도 남녀니까 내외를 하시는 듯하다고…….

한편 이 시인은 그 할머니가 자신을 총각으로 오래도록 오해해 온 것이 틀림없다고도 했다. 아마도 할머니에게 시집가지 않은 막내딸이 있는데 이분을 사윗감으로 여겨본 것 같다는 것이다.

나는 이 부분을 읽으며 이 시인은 뭘 모르는 것이라 여겼다. 아니면 시치미를 뚝 떼고 있는 것이라고 여겼다. 그만한 감성으로 그걸 모를 리 없다.

이 할머니는 지금 여자가 된 것이다. 여태껏 제대로, 어쩌면 한 번도 느껴보지 못한 여자가 되어 보았을 것이다. 그랬다가 아내와 자식이 있는 한 가정의 가장이라는 사실을 알았을 땐 잠시 동안 멈칫했을 그 할머니 마음을 나는 짐작해 보았다.

꿈꿔볼 수 있는 아무것도 없지만 늦은 나이에 소녀와도 같은 마음을 느꼈을 심장에서 쿵! 소리가 났을 것이다. 그러면서 그런 자신이 쑥스러웠을 것이다. 우습기도 했을 것이다. 다만 할머니는 여자가 되는 순간을 맞았을 뿐인데…….

영화 〈가시나무새〉에 나오는 메기의 고모할머니를 떠올려 보면 좀 더 이해가 되려나?

나이가 들어도 여자는 여자라는 것! 그것을 일깨우게 해 주는 누군가를 보게 되었다는 것은 전혀 기대하진 못한 선물을 받은 거와 같지는 않을까.

그 당치도(?) 않는 사랑에 빠졌을 때 평상시에는 하루 16알씩 먹었던 약을 8개로 줄여도 괜찮게 되었다며 사랑의 힘을 자랑하던 젊은 할머니는 보는 나까지 행복하게 해주었다. 나도 여자이니까!